丽江故事集

《小说月报》编辑部 / 编

天津出版传媒集团
百花文艺出版社

图书在版编目（CIP）数据

丽江故事集 /《小说月报》编辑部编. -- 天津 ：百花文艺出版社，2022.1
ISBN 978-7-5306-8168-8

Ⅰ. ①丽… Ⅱ. ①小… Ⅲ. ①中篇小说-小说集-中国-当代②短篇小说-小说集-中国-当代 Ⅳ. ①I247.7

中国版本图书馆 CIP 数据核字(2021)第 229374 号

丽江故事集
LIJIANG GUSHI JI
《小说月报》编辑部 编

出 版 人：薛印胜　**选题策划：**汪惠仁
编辑统筹：徐福伟　**责任编辑：**齐红霞　孔吕磊
装帧设计：张振洪　**特约编辑：**王亚爽
出版发行：百花文艺出版社
地址：天津市和平区西康路 35 号　**邮编：**300051
电话传真：+86-22-23332651（发行部）
+86-22-23332656（总编室）
+86-22-23332478（邮购部）
网址：http://www.baihuawenyi.com
印刷：山东临沂新华印刷物流集团有限责任公司
开本：880×1230 毫米　1/32
字数：160 千字
印张：6.75
印数：1-5000 册
版次：2022 年 1 月第 1 版
印次：2022 年 1 月第 1 次印刷
定价：58.00元

如有印装质量问题，请与山东临沂新华印刷物流集团有限责任公司联系调换
地址：山东省临沂市高新技术产业开发区新华路 1 号
电话：(0539)2925659
邮编：276017

目录

南　方

胡学文

黑色塑料袋，缠着黄色胶带，我扯了几下，未开，于是寻了剪子豁破。老枪寄来的杂志，上面发表了他的小说。我用眼睛扫扫目录，心跳突然变快，手指有些不听指挥，翻了数下，翻至第三十一页。题目《南方》，感觉有些熟。我阅读量还可以，没什么目的，乱读。《红楼梦》《三国演义》《天龙八部》《盗墓笔记》……能列出一长串，也读外国小说，《安娜·卡列尼娜》《洛丽塔》这些都读过。想起来了，有个叫博尔赫斯的人，写过同样题目的小说。自认读懂了，后来搜了网上的解读，反倒糊涂了。从此不再关注他人的评论，想怎么理解就怎么理解，反正也不搞研究。《南方》的主人公叫达尔曼，我名胡尔曼，或许是这个原因，我对这篇小说记忆较深。

老枪的《南方》是写我的，当然没用真名。年龄、身高、长相与我高度吻合，背的包也是墨绿色的，也断了一根背带，旅程更是如此，从昆明乘坐直达丽江的长途大巴，卧铺，晚八点始发。我读了几百部小说，成为其中的角色还是第一次。但往下读，发现不大像我了，越往后越觉得离谱。

放下杂志，我立刻给老枪打电话。我并不恼火，只是有些失望。老枪咯咯笑着，喉咙里好像夹了竹片。老枪说他写的是小说，没有虚构和想象还是小说吗？我的讲述只是个引子，他可没答应替我写个人传记。我哑口。老枪又一阵笑，说他是按艺术逻辑写的，而不是生活逻辑，况且并没有丑化人物。这倒是，小说中那个人跟令狐冲有一拼。我尴尬至极，舌头就有些僵硬。老枪说改天请我喝酒，便挂断电话。

我有些后悔。不该给老枪打这个电话，又想，原本就不该跟他讲的。老枪是皮城小有名气的作家，还在省里挂着什么虚衔。他老婆弄了个酒厂，他没参与，一门心思写小说。某个机缘，我和老枪相识，之后喝过几次酒。那天老枪要送我两瓶，毫无来由，我自然不收。旁边的朋友劝我，说老枪并不白送，是要用酒换故事，让我讲个故事，就当资费了。我顺口道，我真装一肚子故事呢。孰料次日老枪便约我见面。我原本觉得好笑，但老枪水波样的目光浸湿了我，遂讲了心中如野草生长的丽江之行。那些野草日渐蓬勃，搞得胸腔鼓胀胀的。讲出来，感觉确实好多了。如果仅仅这样，我或许并无太多的期待，但老枪极其兴奋，连连说牛，是好小说的材料，为此他还专程去了趟丽江。玉龙雪山、丽江古城、泸沽湖、玉水寨……甚至比我转得范围还广。老枪不靠稿费生活，不然，写一篇小说，大动干戈，天晓得要喝多久西北风。是的，正是老枪这份投入激起我的渴望，但……

权当玩笑，权当没这事吧。可我心里分明堵着，那株野草又蠢蠢欲动了。我推开窗户，深深地呼了口气。忽有人影闪过，再望，只是树枝在摇曳。一只灰色的鸟从一棵树飞到另一棵，叫声略显急促，似乎在呼唤同伴。

那个念头就是这时翻涌起来的。是啊，为什么不写下来呢？好与不好无关紧要，至少能做到真实叙述。

飞往昆明时，我并没有前往丽江的计划。并非抽不出时间，我所在的单位半死不活，钱不多，闲倒是富余。我的缺点，或曰优点，是不爱动，更喜欢安静地待着，沉迷于小说世界即是最大享受。再者，我也没那份心情。

前妻的地址我费了些周折才搞到，但不知真假，万一有误，可能就白跑一趟。我当然不想白跑，就算大海捞针也要试试。捞上来，怕要几个月甚至更久。我只打算待半个月左右，不超二十天。我相信命运，如果两三周仍一无所获，那就是上苍的意思，我把下半辈子全搭进去也没用。

地址是对的，次日上午便找到了前妻。半年未见，她竟胖了，或许是剪了短发的缘故，脸半圆而不是细长。我突然立在她面前，她没有丝毫惊讶，只是朝我身后望了望，或以为我带着浩荡的队伍杀来的。计划的时日整个作废，半天都不需要。从见面到离开也就二十分钟，若不是那个男人礼貌地递给我一支烟，而我强装镇定，硬是将烟吸尽，也许几分钟就结束了。

突然就归心似箭。要说半年前我和她就已结束，可我始终怀着一丝歉疚，当然还有别的。我做了种种假设，但没有……回到宾馆立即收拾东西。也没什么可收拾的，水杯、洗漱用具，还有读了一半的《罪与罚》。这时才发现背包的右肩带断了。我愣愣地盯着，感觉颇为诡异。昨天出机场还背着，一直背进宾馆房间。不知怎么就断了，什么时候断的。盯了好一会儿，我暗嘲自己过于敏感。也许早就断了，或将断未断，没发现而已。这么个工夫，我改了主意，去丽江玩玩。不是想去丽江散心，更无其他幻想，而是觉得来回飞近十个小时，只为吃个大嘴巴实在是太亏了。当然，要说是自我慰藉或犒赏，也未尝不可。

我没有告诉老枪去昆明干什么。老枪倒是问了，我说这不重要，老枪倒也识趣，没有追问。我的讲述从昆明长途汽车站开始。

我买的是晚八点始发的长途大巴，双层卧铺。我在距车站三百米远的餐馆吃了一碗牛肉米线。中午吃的是排骨米线，这或许是昆明之行仅有的收获，然后将断了一根背带的包斜挎在肩上，目光漫无目的。还不到晚上七点，早着呢。昆明之行让我不快，但不得不说“春城”之名不虚。三月中旬，我所生活的城市树未顶芽，而昆明的街头花朵飞艳。来时穿了毛背心，去见前妻时仍穿着，那是她织的。现在，背心在背包角落窝着。穿着秋衣夹克，仍有些热呢。

快至车站时，呵斥声刺入耳朵。路人引颈，我的目光也追过去。车站人流稠密且杂，中国的大小车站都如此。我曾在某个城市的火车站买了把伞，被讹一百元。我并不想围观，可恰巧经过，遂驻足。

斥骂的是个四十岁开外的汉子，身材魁梧，头发杂乱，脸色红赤，显然喝高了。被骂的是穿绿衫的少妇，也就三十岁的样子。脸瘦长，竟与前妻有几分像。汉子似西北口音，粗涩沙哑，听不清骂些什么，只看出他要拖拽少妇离开。少妇不肯，没有凭依，只是紧紧抱住男人的腿，给人的感觉，是她不肯放男人走。她一声不吭，就那么吸附般扎在地上。男人拽她，她便抱得更紧。

围观者低声议论，但无一人劝阻，个个袖手。我往前挪了一点，看得更清楚了。我当然不是为了看得更清楚。我说不上是出于什么。显然，少妇的余光瞥见有人靠近，她抬起头，目光飞快地扫了一圈。眼睛倒挺大的，这使她的目光柔弱中夹杂着难以描述的冲击力。我几乎要冲上前了，只需两步便可站在她和男人身边。此时，男人又是一声暴喝。我听清了，他说的是走。他更怒了，先前只是揪拽少妇的衣领，现在扯住少妇的头发。少妇的脸仰起来，目光正和我相对。没了冲击力，如狂风中的枝条，没有章法地抖。但她的手臂并未放松，男人几欲倾倒。

在老枪的《南方》里，“他”见义勇为。后来的故事基本与我没什么关系了。我是那么想过，但终究还是往后退了。晚上七点半就要检票，我怕误了车。这当然是表面的理由。我是个懦夫，向来如此。博尔赫斯的《南方》里，达尔曼捡起了高乔人扔到脚下的匕首，而胡尔曼，就是有人把匕首塞进手里，恐怕也是先吓到自己。

胡尔曼是安全了，但……

床铺很窄，勉强躺得下。车上发了一次性鞋套，目光随意溜溜，整车人应该都套了，但气味还是不大好。更难受的是我摆脱不了少妇的目光，平躺侧卧，睁眼闭眼，纷乱的枝条噼啪乱响。顶灯熄灭，她没有消失，反而更近了，我几乎能听到她的呼吸。

车到丽江，已是清晨。我不知自己睡着了没有，似乎眯了那么一会儿。有一个瞬间，似乎看见前妻了。她坐在地上，被粗蛮的男人扯拽着头发。明明是揪她的头发，我的头皮却开裂般的疼。正要护头，手指触到玻璃。我仍旧摸了摸脑袋，确信自己在车上。

走出站口，便有手持木牌的男女围上来，问要不要住店，我说不要，余人散去，只有一位妇女尾随，说农家旅店如何如何。我没理会，径直走。她仍跟着我，执着地介绍。一路颠簸，腹中空荡，我本欲离车站远些再进食。妇女黏得紧，我便拐进旁侧的餐馆，要了一碗粥、一屉包子。吃饱喝足，看看表，过了二十余分钟。出餐馆特意扫了扫，没看见招揽生意的妇女，走出不足两米，她突然现身，似乎刚刚在某处藏着。我甚感惊讶，故意笑了笑，说："我说了不住的！"妇女说："别看是小店，条件不差，很干净的。"我问多少钱，妇女说六十元，管早饭。倒是不贵。见我迟疑，妇女立即道："大哥去看看嘛，满意就住，不满意可以不住。"我盯住她，圆脸，弯眉，肤色略黑，嘴唇微厚，眼神活泼，面相透着朴实。她不再推销，摆出满脸的笑。我再问远吗，她说不远，她有三轮车载我过去，旅店距四方街不到一百米，去酒吧街也近。我点点头，弯眉妇女欢喜道："大哥等我一分钟，我这就来。"

从车站到旅店有相当一段距离，但我并不觉得远。阳光温煦，空气鲜净，杂乱的脑袋顿时清爽许多，我倒宁愿弯眉妇女多绕一段。砖拱式门楼写着"水云间"三个字，我不由得想起琼瑶。有那么一年，我狂读她的作品。走进院落，眼睛，不，应该说整个人突然被照亮。是一座四合院，古朴典雅。但照亮我的并不是房屋，而是院子四周盛开的花朵。多是菊花，雪白、金黄或浅粉、深红，花瓣不大，密密匝匝，随时炸裂的样子，若不是被根茎拽着，或许就飞到空中了。我的目光移到角落，翠碧肥厚的叶子间，几朵零零星星的紫花。花瓣的颜色边缘深、中部浅，花蕊是凹进去的，像五角形的酒杯。我问弯眉妇女这是蔓长春花吧，她点点头，说看来大哥养过花。我没承认也没否认。前妻喜欢养花，从阳台到客厅，大面积地板被花盆挤占，几乎无法下脚。我奚落她就差在卫生间养了，没料次日卫生间一角就长出了绿叶。看够，吸够，目光终于滑移。院子中间由石子铺就，周围是四只蝙蝠，中心是个“福”字。弯眉妇女说这是四蝠拜福图，又恭维说瞅大哥的面相就是有福气的人。登记住宿时，我问弯眉妇女：“你读过琼瑶的小说?”弯眉妇女茫然地看着我，我赶紧道：“没什么，随便问问。”暗忖店名该是她丈夫起的。忽又觉得妄猜好笑，没读过琼瑶，未必就想不出店名。我倒是读过，可若是开店，恐怕也想不到水云间。

原打算躺一会儿即出去游逛，可能是太疲倦了，当然也可能是太放松了，竟然沉沉睡去，醒来已是午后。手机显示有个未接来电，陌生号码。不出门，手机常常数日聋哑，你想安静它偏要嘶鸣。回拨的瞬间，我突然想，可能是前妻打来的。自从用上手机我就没换过号，她定然记得。接通那一刻，心脏骤停，如罪犯等待宣判。挂断，我摇摇头，自嘲神经过敏。

吃过午饭，我溜达到四方街。早闻四方街四季洁净，纤尘不染，果然名不虚传。细观石条，竟然隐约有身影，堪比铜镜了。但终有细纹，不至于滑。转了一圈，周围人多成双结对，不免心生寂寞，随便钻进古巷。小巷也有游人，但安静许多。走走停停，目光拉长或缩短。父亲是木匠，对家具榫卯、房屋结构均有研究，他若来丽江，定能说出其中门道。我没那个本事，仅仅是走马观花。街巷星罗棋布，迷宫一般。我倒不急，没人等我，我也无须等人，消磨时光，也任时光消磨我。

黄昏时分，我返至四方街。问了几个人，不然只能在迷宫中打转。中午吃得简单，晚餐奢侈了一把，点了两道菜，酸菜鱼和鸡豆凉粉，灌下两瓶啤酒。弯眉妇女在门楼下站着，我和她闲聊了半刻，她推荐了几个景点，还说如果需要租车，她可以帮着联系。我说还没想好，明日再说。确实没想好。没那么急的。

弯眉妇女没有诓我，水云间距酒吧街很近，站在院里隐隐能听到歌声。那声音仿佛有魔力，终将我牵拽过去。河水静淌，两岸皆是酒吧，行数十米便有一座流彩小桥。左顾右盼，品酒的演唱的弹奏的，声音飞出来便汇成另一条河流。浸于这样的河流，人多半会兴奋吧，但我不会。我不属于这里，感觉一下足矣。

我寻出《罪与罚》，漫长的夜晚，小说无异于珍馐。还好有这一爱好，不然生活将更加无趣。反过来讲，或正是因为痴迷小说，我成了无趣的人。

读了几页便放下。前妻不时闪出来，搞得我总是串行，昆明之行掐灭了我仅存的一丝幻想，我与她不会再有任何瓜葛。我以为，她将从我的生活和记忆中彻底消失。孰料她不管不顾……其实是我，终究放不下。在街巷溜达那阵儿，她就时时闪出来，我硬是摁回去，已经结束，再无意义。此时我无能为力，任由她来回飘荡。过往如衣袖带起的风，挟着沙砾飘拂。谁都有鬼迷心窍的时候，我踩空了。或许是小说读多了，那一刻我中了邪。我不想细说，回忆很痛。

午睡起来冲过澡了，我决定再洗洗，把杂念冲进下水道。水花乱溅，我轻声念着拉斯科尔尼科夫、阿廖娜·伊凡诺夫娜……初涉外国小说，人物的名字就如打了结的绳索，怎么读都是疙瘩。读得多了，不再感觉那是外国人名。冲洗完，我长长地舒口气，整个人轻松了许多。但刚捧起小说，脑海中如有利箭突然射入，不是前妻，而是绿衫少妇。我吓了一跳，《罪与罚》差点掉落。我阻止不了，不敢阻止，任由利箭穿行。她与前妻极像，某一刻，她竟真的变成了前妻。

就在那时，伴随着利箭，我生出一个大胆的猜想。前妻定是受了恐吓或中了咒语，我虽找到了她，但她不再是先前的她。她话外有音，我却未能明白。那个男人的眼神、他点烟的样子都有些古怪。我在昆明长途汽车站前遇到的场景并非偶然，而是上苍的暗示。我甚至有给前妻打电话的冲动，令我焦躁的是，我不知她现在的手机号码。

明天一早即返昆明，我如是想。但清晨，我即意识到念头的荒唐。中咒的不是前妻，或许是我。又没睡好，一半是杂念横生，一半是午夜隔壁住进一对男女。男的不停地打电话，嗓门又高，我两次敲击墙壁。

吃早饭时，我在楼下撞到那对男女。东北口音，均五十岁上下。男的搭讪，聊了片刻。饭后，我与男女拼车到虎跳峡。来回二百元，比住店贵多了，拼车还划算些。男女均拎着包。男的解释，老家有事，必须赶回去，晚上的飞机，正好玩一天，不然白来了。我想到昨夜他说航班来着，原来在订票。男人说："昨晚吵着你了吧，不好意思啊。"我轻笑："没事的。"

崖壁如削，涛声如雷。特别是水浪与状如猛虎的石头冲撞那一霎，我被震得耳膜发颤。相貌欠佳，所以我不怎么喜欢照相，但彼时想留影了。四顾，忽然瞥见一个人影，不禁呆住。旁边有游客让我让让，我挪了挪，那个身影已然不见。我没有再寻，更没有发愣，那一缕杂念转瞬被水浪冲得干干净净。

我和那对男女在定好的时间会合，返至丽江古城，各自游玩。我没待太久，下午不到五点便返回水云间。这一天，真是累呢。

斜阳染抹，花香腾漫。客店有几分粉艳和虚幻。院里静静的，只有一只黑猫在矮凳上卧着。我赏了一会儿花，慢慢挪进屋。待我拎壶换热水，弯眉店主正好接了客人回来。弯眉店主和我打招呼，我应着眼光扫扫，正好与那位女客人的目光相遇，不由愣住。以为挥之不去的杂念又让我生出幻觉，可那细瘦的脸分明是绿衫少妇，虽然她换了紫色衬衫。她的目光平静，稍一顿便移开了。

回到房间，才发现壶是空的。但我没有马上出去，屏息敛声，听得绿衫少妇——就这么称呼她吧——入住了，我才轻手轻脚移出去。不仅鬼祟，而且紧张。

夜晚，我在旅店对面的餐馆随便扒拉一口便急匆匆溜回，仿佛有什么要紧事等着。大把寂寥的时间、骨白的灯光及那本《罪与罚》，再无其他。没听到绿衫少妇离开，也许她要等夜色更浓一些才出去，也许她累了，已经躺下。她做什么或不做什么与我没有任何关系，可我控制不住，思绪被狂风挟卷，漫天飞舞。她没与那汉子同行，两人自是分开了。他没困住她，她甩脱了他，也许她是偷偷逃离。我突然一凛，那汉子有可能追来，她再次被擒。推理小说中的情节纷至沓来。

午夜过后我才躺下。她没有出去，我也没听见他人入住的声音。此时的客栈只住着我和她。我非俗恶之徒，没想怎样，就是觉得安静如此的好。

我起了个大早，没往远走，就在门楼外转悠，直至阿婆喊吃早饭。白米粥、馒头、咸菜，与昨日一样，没见绿衫少妇，我问没旁的住客吗，阿婆说还有一位，已经喊了。粥极烫，我边嚼馒头边和阿婆闲聊，问她丽江好玩的地方。丽江的男女老少，每个人都说得上，但排名不同。阿婆说蓝月谷最好。我问她怎么个好，她正欲回答，绿衫少妇出来了。她面色微黄，似有倦意，目光亦不似昨日那般平静，含着忧虑或别的。我冲她点头，她回点了一下。后背开始冒汗，每有心慌我便是如此。至那时我并没有蓄谋，但再问阿婆，我揣了念想。我问得详细，阿婆讲得认真。间或瞅瞅少妇，知她听进去了，甚感欣喜。平素我没什么心机，不然何至于落到如此地步？况且，总归是陌路，心机有什么用？所以，我并无把握，暗祈老天相助。

阿婆力推蓝月谷，我感慨，不到蓝月谷，丽江还真是白来了呢。绿衫少妇似有所思。我看着她，告之昨天与人拼车去了虎跳峡，景点都挺远，最好拼车去。绿衫少妇轻“哦”一声，既不冷淡也不热情。我趁机问她愿不愿意拼车到蓝月谷。绿衫少妇似有犹豫，看着阿婆，似乎征询。其实哪里都好，阿婆补充。绿衫少妇转了脸，问需要多久，我说看她，早回晚回都可以。绿衫少妇问：“吃过饭就走？”我迟疑着：“如果你有别的事，也可以……”绿衫少妇问：“去哪里找车？”阿婆抢先答了她。

那是一段美妙的旅程。胡尔曼坐在副驾驶位置，绿衫少妇坐在后排。胡尔曼就是我，可我总感觉在司机、绿衫少妇和我之外，还有第四个人。或许那是我的影子，抑或是我飘荡的灵魂。我痴傻木讷，胡尔曼倒是欢脱，一面和司机聊天，一面谛听着少妇的动静。他什么都未听到，绿衫少妇寂哑无声，但他知道她就在身后。偶尔，他假装看两侧的风景，用余光扫扫那个存在。他想搭讪，却又怕惊扰她沉思默想，于是强压下去。

司机是话篓子，一个问题，能扯出一长串应对，而且思维跳跃，从一桩到另一桩，没有任何过渡，但衔接自然，仿佛在一条线上系着。本来讲木府，不知怎么就扯到乡村磨坊。磨坊老板挣了些钱，被人撺掇到城里做生意，结果遇害。可磨坊老板不知道自己死了，身无分文、几经周折回到村庄，打算继续开磨坊，不料磨坊已有新主，磨坊老板质问新主为何霸占他的磨坊，新主说："你已经死了呀。"磨坊老板连说荒唐，说："我死了，我自己怎么不知道。"新主说如果不信，可询问村里人。磨坊老板逢人便问，都答他死了。磨坊老板这才相信自己死了，从此消失。

胡尔曼读过《聊斋志异》，虽然司机描述得活灵活现，言其老舅就是那个村庄的，可他根本不信，本要拦住，让司机说点别的。胡尔曼担心吓着绿衫少妇，讲什么不好，非要扯鬼！但一直寂哑的少妇突然开口，问磨坊老板怎么回到村里的，徒步还是乘车，用了多长时间。胡尔曼这才知道少妇不但不怕，还极感兴趣。他就不好再拦。司机更来了兴致，说："回村的方式很多，那不重要，重要的是他回去了，人变成了鬼，还是人的记忆。"

"再没出现过？"绿衫少妇追问。司机说："他知道自己该去什么地方，鬼也不讨嫌的。"绿衫少妇问村庄的名字，司机打着哈哈说老村了，早就没人住了。绿衫少妇固执地问："你老舅呢？"

司机说："他呀……怎么说呢，好久没来往了。"胡尔曼没想到绿衫少妇如此着迷，这故事漏洞百出，她一点听不出？他扭过头。他终于逮着了机会。他笑着对绿衫少妇说："我们村也有类似的故事，其实吧……"绿衫少妇盯住他。司机让胡尔曼讲来听听。胡尔曼倒是想和绿衫少妇对话，但不愿用这种方式。犹豫间，司机说快到了，回程讲吧。胡尔曼松了口气，想回程讲个有趣的故事给她。

下车后，胡尔曼礼貌而又恳切地提出和绿衫少妇互留电话号码，万一司机的打不通，他和她好联系。胡尔曼确实有这方面的考虑，与东北男女去虎跳峡，亦互留了电话号码。当然，胡尔曼也揣着自己的心思。绿衫少妇没有任何犹豫。

胡尔曼跟随在绿衫少妇身后，走了几步，意识到不妥——她回头看看他，他停住，随即往另一个方向走去。待再回头，已觅不到那个绿色的身影。胡尔曼溜达了一会儿，在其中一个湖边坐定。

按说，这是极美的享受，阳光如瀑，湖水清碧，细风丝绸般柔软缠绵。但胡尔曼满脑子胡思乱想之事，与风景格格不入，有些暴殄天物。他在想绿衫少妇。当然不能称之为思念，而是担心担忧。绿衫少妇甩脱了那个男人，胡尔曼自然是高兴的，可她目光里蕴着忧郁，这说明……不错，这就是胡尔曼的担心所在。男人会不会追来？除非……他打个寒战，立即将可怕的猜测赶走。她只是摆脱了他，没有意外。哪怕是暂时的。司机所讲的鬼故事滑移入脑，他仍迅速地没有任何情面地驱离。如果仅仅是暂时摆脱，男人很有可能追来。不过这次胡尔曼不会袖手旁观。他巴望绿衫少妇彻底摆脱男人，但又怀着应该说是刚刚跳闪的可鄙念想。那个男人现身，这样他才有机会。即使男人手握利刃，他赤手空拳，也不会惧缩。哪怕高乔人扔过来短刀，他也不会捡拾。他要的就是不公平对决。湖水平静，胡尔曼脑海里上演着酷烈的决斗。他生性懦弱，但南方给他注入了能量。

司机打来电话，脑中血淋淋的厮杀才算终止。日已西斜，早到了约定时间。胡尔曼跳起，急急往停车场赶。他倒不在乎司机抱怨，但绝不能让绿衫少妇久等。待他赶至，绿衫少妇还没到呢。他稍稍松了口气，举目四望。孰料司机说绿衫少妇有事提前走了，她已付了一半车费。胡尔曼发蒙，问什么时候，司机说还不到中午。胡尔曼又问她怎么回的，司机说他哪里知道。胡尔曼怔怔地立着，似乎突然间中了暗箭。

回程只有我和司机。这无疑是废话，我是想说，后排无人，胡尔曼汹涌的豪情也随之不见，老子说一生二，还真是。司机也少了兴致，我又不搭腔，他便闭口。我沉默，因那一箭射得太深，我痛得呼吸都困难。不知她有什么紧要的事，我挖啊挖，几乎将脑壳捅破。

她已退房。我料到了，但又不愿相信，问了阿婆一个极蠢的问题。一夜无眠，我打算次日离开。好像专程为她而来。清早，我又改了主意。我在水云间住了十天，晨离暮返。整个白日我都在游走，可去的可不去的，都去了。与别的游客不同，我不只是游山玩水。她留了电话号码，其实极其简单。怯懦如铐，我宁愿用笨拙的极其渺茫的方式。抑或，我想寻找一个理由，可找不出来。

第十一日，我退了房，前往泸沽湖。以丽江古城为中心，逐渐外扩。如果有扫描仪，我愿把每个角落都查找一遍。我知道自己的行为可笑，甚至愚蠢。绿衫少妇很可能已经离开丽江。她会选择一个偏远的地方，男人纵有三头六臂也追寻不到。可我仍有一点不甘，揣着比发丝还细的念想。念想是温暖的词，被我糟蹋了。我实在是没这个资格。但心里的野草蠢蠢欲动，我有什么办法呢?

立在泸沽湖前，我听到了目光撞击的声响。湖水的颜色呈立体状，下部深碧，中部微浅，水面被正午的阳光映射，闪耀着一缕缕青白。湖面不是镜子，而是无数镜子的碎片叠加在一起，瞬间感觉那是碎片的相恋相拥。沿路往下，立于岸边，又是另一种感觉。与惊涛拍岸的大海不同，湖波温柔地推搡着，轻手轻脚。我暗暗感激绿衫少妇，若不是她，我多半不会跑这么远的路，来看传说中的湖。也许她就在湖边的某个村庄住着呢。

我入住的农家旅店距泸沽湖稍远了些。其实开始想住在紧靠湖岸的客栈，临时起念，转了转，结果改了主意。与价格、设施没有任何关系，吸引我的是院里开得正艳的白色玉兰。另有一盆虎头兰，也是我极喜欢的。剑叶墨绿，花瓣鹅黄，花蕊扁宽，确如老虎舌头般鲜红。无可救药，我总是容易被细小的东西吸引，从来抓不住重点。小学、中学，我写的每篇作文都因跑题而不及格。或许，那就是我人生的预演。

夜晚，我再度来到湖边，溜达了一会儿，在长椅落座。或许是太静了，我听到水波撞击的声响。很轻，像母亲哄孩子入睡。暗夜的湖是另一面镜子，映衬得群星格外璀璨。我仰起头，一下就逮到了北斗星，被惊喜击中的同时，也有尖锐的利器刺进身体。

胡尔曼用薄毯裹着她往帐篷走，她则挣扎着，仍要留在草地上。草原的蚊子太凶残，贪欢的工夫，遍身大包。她的气息扑到他脸上，黏腻如胶。他抱得更紧了。如果她真想挣脱，他不可能迈开大步。尽管惶急，尽管花草勾连，他的步子还是稳的。没料她真的喊了。也不是全真，半真半假，“哎——”暗夜，在空旷的草野，这拉着调子的“哎”极为刺耳。他突然一抖，胳膊松脱间，她滑落下去。他急伸双臂，没接住，随她一起倒在柔软的草地上。他气急败坏，她则笑得前仰后合。他试图捂她的嘴，仿佛她的笑亦是求救的信号。仿佛她的笑扩散开，他即有牢狱之灾。那一刻，他像极了做贼心虚的歹徒。她躲闪开，伏卧在地上，笑声没那么响了，似乎被大地吸纳了。他仍然紧张，四下张望，生怕有身影围拢过来。好一阵子，她终于坐起，抛出一句：“原来你是个胆小鬼啊，骗我到这么个地方，还以为你有多少花招呢。”他这才明白她早识破他的伎俩。其实他早该明白的，她若没做好准备，他不会得逞。这就是她和他的合谋。既然在一起了，就痛痛快快的，她为何如此违拗？他讨好地解释，草地蚊子太多了。她说：“活该，谁让你……”他说：“蚊子不只咬我，也咬你呢。”她说：“你可比蚊子坏多了。”他讪笑着，抓住她的手，欲拥她入怀。她甩了甩，说：“既然你把我骗来，那就骗到底呗。”他摸不着头脑。他只揣那一个目的。“你不是要领我看北斗星吗？你不是说草原上的北斗星又大又亮吗？我可什么都没看到……原来你都是装老实啊，一肚子弯弯绕。”他恍然大悟，当真忘了，不过是临时编的。“你看!”他有些激动，仿佛这是对他的赏赐。“哪里?”她仰起头。他抓住她的手，指着。她的手指温暖而柔软。“太多了……我看不到啊。”“勺子……你看星星排列成的勺子。”她终于捕见，惊喜地数到七。他说七颗星按照顺序分别被命名为天枢、天璇、天玑、天权、玉衡、开阳、瑶光，然后告诉她顺着斗口即天枢和天璇，向上延长大约五倍就可以找到北极星。北斗七星自东向西转，而北极星则不会动，永远在北方，所以夜间行路，只要认清北极星，就能找到北方而不会迷路。那时，他已读了大量杂书，给她讲了几个靠北极星辨路的故事。她半晌无语。他以为她被他的故事迷住了，正欲推她，她突然抛出一个问题：“干吗一定要往北走?”他笑笑：“不一定要往北走，是北极星指向北方。”她说：“你刚才讲的故事，那些人都是往北走的啊。”他想了想，确实。他说确定了方向，往哪儿走都可以。她说：“看不出来，你懂得还挺多呢，如果是我，就往南走。”他笑问为什么，她说跟大雁学呗。他说：“那我就做一只公雁，领头的。”她捶他一拳。

他再次抱着她往帐篷走，她紧紧偎着他。后来她嫁给了胡尔曼。再后来，她独自去了南方。

我在泸沽湖住了七八日。究竟是七日还是八日，记不清了。湖边的几个村庄都转遍了，白日暴走，夜晚则在湖边独坐，静望北斗星。在丽江古城，我的目的是比较明确的，寻找突然现身又突然消失的身影。在那个黄昏，我与她初见，彼时，我从围观的人群中溜掉了。但在泸沽湖的日子，特别是夜晚和北斗星相看两不厌时，我怀疑起自己来。寻找绿衫少妇仅仅是借口，我不敢直面自己。我以为放下了。记忆是极顽固的，如生命力强盛的野草，一缕风、一朵花、一张笑脸都能把我牵扯回去。我割得断，但挖不绝。也许，绿衫少妇根本就没到丽江，没住在水云间。那段奇异的旅程只是我的想象。可那个电话号码呢？难道也是虚幻？我没敢拨，只是不敢面对现实？越想脑子越乱。

我终是离开泸沽湖，飞回了北方。来去都形单影只，如掉队的孤雁。

有些事，我终于想明白了，或者说死心了。而疑团始终亘在脑里，那天，如果我拨了那个电话号码。你们猜猜看，结果会是什么？

蓝　牙

黄咏梅

拖着拉杆箱走在凹凸不平的石板路上，孙芊蔚就开始不安。没想到丽江古城色彩这么明艳，好像手机屏幕的亮度被谁的手指不小心滑到了顶格。花的色彩、油纸伞的色彩、天空的色彩、游人服装的色彩，饱和度极高的阳光一一将这些颜色调到至亮。这是她第一次踏入丽江古城，却不合时宜地先在心中盘点箱子里的衣服，哪一件能配得上这些鲜艳？她不是那种喜欢摆造型的女人，这可能是她近年来的一种心理惯性？出门变得有些焦虑，焦虑晴雨，焦虑衣履，焦虑酒店的枕头是否贴合她的颈椎……结果总是失算，哪一次出门都会感觉错带或漏带了一件必需品。

唯一庆幸的是，她犹豫再三最后还是放进去了那件帽衫，就在箱子里的最表层，做好了空间不够随时可放弃的准备。这两年，她调暗了自己，衣服基调多是黑、灰、藏青，在她身上找不到一朵花卉的图案。那件帽衫是例外，买来打算春天夜跑穿的，颜色是不太常见的嫩绿。不过，孙芊蔚在古城里轻易就找到了它的同色系，在那些抬眼即见却叫不出名字的多肉盆栽里，有各种程度的绿，就是那种透明、亮晶晶的绿。孙芊蔚一眼就辨别了出来。这绿色多少缓解了一些她的焦虑。

预订的房间数量不够，他们要分两拨住两处。她被安排住在新义街的一家民宿。门楣被垂落下来的紫藤花遮住，庭院深深，从门口望进去，只能看到尽头一块巨大的照壁。穿过一段近二十米的长廊，拐个弯，才能看到露出天空的院子，以及院子里两两相对的客房。

她的房号是103。服务员告诉她，一楼，北面是单号，南面是双号。穿过院子时，她看到一张长条茶几，几只小茶杯里余着绛色的茶，深浅不一。有根烟被搁在烟灰缸沿，慢吞吞将余生最后一口气吐向它旁边那盆又肥又矮的多肉。估计是刚坐在这里的两男两女留下的，他们现在站到院子一侧，手机对着草地上一匹卧着的木马拍照。发房卡的时候，负责团队后勤的小单告诉大家，这里是当年马帮头子的老宅。103房间门口正对着那匹木马。其中没拿手机的年轻女人朝她笑笑，说，这马好萌呀。孙芊蔚礼貌地点点头，应了声，是呢。

民宿都是木头建筑，用那种不上漆的整木。房间当中一根大梁柱，如果不是屋顶阻隔，会以为那里种着一棵老树，树皮斑驳，枝叶都在房顶之外。仔细看，才能看出人工做旧的手法。木门隔音不太密实。孙芊蔚简单洗了洗脸，等热茶的温度适口，等到院子里讲话的声音消失了，她才打开房门，走近去看那匹伏地的木马。跟建筑的整木相反，它由很多块碎木条拼接而成，与灰岩剥落的石块色调相像，裸露着骨骼，筋脉、鬃毛与木纹的沟壑纵横吻合，真像是一匹茶马古道退役下来的老马，卧下，就从此走不动了。孙芊蔚在院子里走一圈，从某一些角度看过去，那马不像马，倒像是谁即兴搭起的一堆乱木，即将燃烧起来，即将被人围着跳锅庄舞。刚才路过玉河广场，那里有一块闪动的电子大屏幕，游客围着篝火跳舞，孙芊蔚觉得那是更为壮观的广场舞。

转过一个拐角，孙芊蔚斜眼看到了二楼走廊上的老谢。她朝他挥挥手。他随即晃了晃手上的烟。这手势如此熟悉。老谢瘦瘦的中等个儿，站在某个角落，朝人晃晃手中烟，漫不经心打个招呼。就算在不久的将来，他们不再有关联，在更久一点的将来，他们杳无音信了，孙芊蔚相信这动作也会伴随这个人的名字一起浮现。他们没再说什么，对于各怀心事的人们来说，这类时刻很默契，无话也不尴尬。

老谢使新环境引起的那点兴奋感黯淡了下来。等她转回 103 房门前，那匹正对着的老马又像一匹马了，是一匹忧郁的老马。

来丽江是老谢的选择，作为 PR（公关部门）的一次团建，或者说是一次为了告别的聚会更为确切些。老谢将要调离公司总部，到一个三线城市的分公司继续任 PR 经理。这消息瞒不住。老谢在公司茶水间悄悄告诉过孙芊蔚，但彼时其实早已不是秘密了。他们这次的团建不设主题，务虚，公司就当出钱给老谢请客，答谢一下团队。在梵净山和丽江之间，老谢最终选了丽江。孙芊蔚对老谢讲，我都不好意思说出来，我竟然没去过丽江。她和老谢都是七〇后。老谢在七〇头，她在七〇尾，行事风格却像隔了一江水。老谢对她的话没反应。说起千禧年前后，文艺知识青年界忽然流行一句调侃的话：“不是在丽江，就是在去丽江的路上”。孙芊蔚处于那段时间的河流里，似乎不应该掉“队伍”。老谢很不以为然。不是对丽江，而是对“文艺青年”这个词。按照孙芊蔚对老谢的了解，如果不是照顾手底下那几个八〇后、九〇后，他更希望去腾冲。因为最近他忽然开始对历史产生了浓厚的兴趣，仅一小时的午休时间，他躺在办公室的沙发上，耳机里播着王树增的《1911》，闭目，迷糊时会被某个高音惊醒。他对现在进行时态的新闻和八卦丧失了议论的兴趣，倒时不时在跟人聊天的时候冒出“大多革新都起源于对腐败的抗议……”搞得人不知怎么接话。

来这家美国驻华公司之前，老谢是报纸的财经编辑，猎头以年薪六十万元的条件把他挖过来，为公司完美处理过几桩影响恶劣的危机公关。升到 PR 经理的时候，他把孙芊蔚从报社挖了过来。他们一直搭档得很好。老谢利用原先在报社的资源为公司摆平媒体，孙芊蔚为老板起草的新闻通稿无论在报纸还是网站上发表都恰如其分。他们在真实与谎言之间找到了一些模糊的句式和语法，乃至标点。不过，这几年，除了负责撰写公司形象的新闻稿，他们处理负面消息显得有点束手无措。无论如何，现在人们穷追真相的呼声虽响，但耐心越来越少，而指望制造一个吸引眼球的新热点去覆盖一个负面消息，对老谢他们来说简直就像买彩票中大奖。老谢慢慢变得有点佛系，工作思路和方式都有了些莫名其妙的改变。相比对外公关，他更关心企业内部文化，他在年会上跟员工大谈“情怀”二字，年度工作计划的第一项就是要在公司成立读书小组，定期举办读书分享会。据说在公司某一次中层会上，老谢陈述举办这种形式陈旧的活动的必要性。他打破了历来的报告流程，以沉重甚至痛心的语气说，整个公司里的人，都不像人，一点人的味道都没有。传出来的话说，老谢讲完，整个会场沉默了三分钟，就像进行了一次集体默哀。孙芊蔚认为这传闻有夸大的成分，但场面尴尬可以想见。最终的结果是公司随老谢折腾，反正这类看不见收益的活动，零成本，只会为老谢的年终总结报告写上一笔。暗地里他们认为老谢对公司发展提不出有建设性的意见。

每个月当中有一个晚上，老谢让下属把咖啡室布置成沙龙，由各部门派职员轮流参加，在几盏临时充电挂上墙的壁灯下，分享指定读物的读后感。参与者大多是资历较浅可差遣的年轻人，他们通常坐在灯下，照着一张 A4 纸念，听上去内容专业得可疑，很多是从豆瓣或者知网上复制、粘贴下来的文稿。孙芊蔚是读书会的组织者，负责在老谢主持的交流环节给大家递话筒，同时在几次冷场的时候运用她的机智保持活动的流畅。不过，需要孙芊蔚递话筒的机会渐渐少下来，老谢拿着话筒一直讲到了散会。

读书会办了六期下来，孙芊蔚感到有点难以为继，她甚至担心随着一些女职员带着家里没人照看的小孩过来，读书会有可能变成亲子教育中心。多亏了《了不起的盖茨比》。

春节前夕的一个寒夜，老谢让孙芊蔚从拜访 VIP 客户的新年礼物里，扣下了一些多余的巧克力，用漂亮的包装纸将它们包得像一本本书。他打算给参与者一些“物质营养”。不知道是巧克力还是盖茨比的缘故，发言的年轻人比前几次都活跃。老谢很满意，孙芊蔚读出他那种微笑里竟然有着父辈的宽容甚至宠溺的成分。几个分享者照着 A4 纸念出了与故事主题相近的观点，与前几次不同的是，他们用自己的话总结出诸如女主黛茜是个“渣女”、盖茨比是美国中产阶级的牺牲品之类的结论。在孙芊蔚给老谢续咖啡的那会儿，老谢轻声对她说：“看来选书很关键。”他庆幸遇到了《了不起的盖茨比》。

气氛的转变是从一个新职员的发言开始的。这个西服袖口露出一截白衬衫的年轻人，有着那种不放过任何场合表现自己的欲望，语气跟语速一样冲。他抛出了“《了不起的盖茨比》反映了人性最真实的一面，不应该特指美国或者哪一个国家的人。批判这种真实性的人，都很虚伪”的观点。他滔滔不绝地维护黛茜，认为人爱慕虚荣没有什么不对，虚荣是人成功的最大动力，也赞赏盖茨比那种拼命发财之后再将心爱的人夺回来的行为。总而言之，盖茨比和黛茜的故事，就是霸道总裁和灰姑娘的故事，是今天所有年轻人的梦想。至于结局，那是因为盖茨比太讲情义，遇人不淑，被坑了。他那种一本正经地自黑的语调，引起了众人几次哄笑。在他讲完“他们完全可以有另外一个结局，女有意，郎有钱，从此过上幸福的生活”这句话之后，还出现了几阵零星的鼓掌声。这情形应该算是读书会成立以来的一次高潮了。接着这个新职员带出来的话题，有人开始抢话筒。其中一个大概处于刚失恋的状态，他拿话筒的姿势像正在喝一瓶啤酒，他哭丧着脸说很羡慕盖茨比，被女朋友甩了之后，他没有能力成为霸道总裁，他做梦都想在她家边上盖一所豪宅示威。气氛热烈起来，没抢到话筒的也开始相互议论。一些根本没看过这本书的人，从盖茨比顺利转移到了他们关心的恋爱、买房这样的现实话题上。就在某一个抢话筒的间隙，大家听到有人猛地一拍桌子，又一拍桌子。老谢接连拍了好几下桌子，震落了搁在杯子边的小勺。大家看到他掏出一根香烟，打破了在读书会上禁止吸烟的纪律。打火机的火苗跳动了好几下，孙芊蔚在老谢接过话筒时印证了那种颤抖。

有一小段时间，老谢成为公司的热议话题。年轻人说，PR 的那个老谢真能装，明明自己“中产”了，还来跟人谈铜臭味的危害。与老谢共事多年的老友则纷纷为他的职位担心，拿着丰厚的薪酬还到处散布美国梦终究破碎的原因——“美国人总是以为钱能买下一切”。

在取消丽江之行后的十多年间，孙芊蔚去过很多座古城，凤凰、平遥、徽州以及与丽江相邻的香格里拉独克宗，还到过其他国家的类似的古镇、古堡。奇怪的是，无论公干还是私游，她与丽江都没有机缘，这样反而使得那次取消行程的前因后果总是跟着丽江这个地名完整地蹦到她的脑子里。来丽江的飞机上，坐在隔壁的那个男人问她是不是第一次来丽江，她又想起了这桩事。她当然不会跟一个陌生人去唠叨那件陈年往事。不过他说他是第二次来丽江。随随便便地说出第一次是跟前女友一起来的时候，她也顺着说了句：“我跟前男友差点就来了丽江。”天晓得这个前男友已经前到十多年前了。

男人刚落座不久，孙芊蔚就觉得他看着很舒服，模样、身高都落在她的审美点上。孙芊蔚目测他三十来岁。如果倒退十年，她想要一个这样的男朋友。他说不上帅，脑门偏大，肤色可能时常会被别人误解为过于奶油。聊过一阵之后，她认定他有着与年龄相吻合的稳重的朝气。她总是会被这种类型的男人吸引。他们聊得很愉悦。孙芊蔚无形中暗自调低了年龄，尽量以靠近他年龄的姿态跟他讲话，甚至某些不符合她人生阅历的观点，她也含糊认同。他看起来很放松，仿佛他们已经认识一段时间了。只有她自己知道，一开始她就不是他称呼中的那个“蔚姐”。

他们坐的刚好是安全门边的三人座位，左右没有第三人打搅。他向乘务员要了两张毯子。盖着毯子抬头看电视的某个瞬间，孙芊蔚竟觉得两个人像是在过居家生活。她没有婚姻生活的经验，在认识的人眼中，她结婚的概率慢慢减少只是基于她的年龄，而熟悉的人则认为如果她不改变某种挑剔，无论她处于哪个年龄段都不太可能结婚。她不是个苛刻的人，相反，她善解人意，因而在与后辈交往中自然能消弭一些隔阂。这个刚认识的男人，相谈不久便发出“你哪里像个四十岁的人啊”“你看着好小”这样的赞叹，这类话她听得不少，真真假假她都受用。但在结婚这件事情上，她的固执显得很老土。如果避免用“缘分”这个俗气的词谈她对婚姻的看法，只能笼统地说，那些男性都没能与她的灵魂牵手成功。即使爱得热火朝天的时候，她都会因为发生的某件小事而冷静下来，仿佛落入了一个没法解除的咒语中，最终理性地分手。

孙芊蔚离婚姻最近的那次，便是打算和前男友一起去丽江旅行的那个时候。在定下关系之前，她带前男友回家乡过年，见过了家长，还要见见她的几个发小好友。唱完夜场卡拉 OK 后，其中一个人不知从哪里搞到了点烟花，他们决定找个僻静处偷偷放烟花。在城乡接合部的一个幽暗小树林边，他们举着烟花筒，朝天空吐出一朵朵张牙舞爪的大丽花。就在这个浪漫的时刻，一束手电筒的光准确地捕捉到了他们，几个巡逻的城管从不远处叫喊着跑过来。大家一阵惊吓，商量着要如何应对。在昏暗的夜色中，孙芊蔚注意到，她的前男友悄悄地转过身，朝离他最近的小树丛隐了进去。就像捉到了恋人出轨，这一幕如此隐秘又如此真切，以至于过去那么多年，她连当时心里那阵羞愧都没忘。她没有告诉前男友分手的具体原因，在爱与不爱这些事情上，她总是自作主张，不拖泥带水，也尽量降低伤害。孙芊蔚情窦初开的那个年纪，正是日剧《东京爱情故事》流行的年代，她跟许多同龄人一样受赤名莉香的启蒙，只不过有的人模仿了莉香的微笑、发型以及服饰搭配，更多的就是习得女生追求爱情的主动和洒脱，她学到的却是一种被人认为不可救药的古怪——仿佛爱情是她自己一个人的事，相比分享美好，她更擅长独自消化伤害。结束一段爱情，她总能让自己面带着莉香式的微笑，掩饰着转身，消失于斑马线对面的人群中。她跟那个前男友没再见过，倒是前不久被拉进一个同学群里，看到了他的头像，跟很多中年人一样，发福，双手交叉搭在肚皮上，痴笑着靠着栏杆，身后是云雾缭绕的群山。她没跟他打招呼。他也不太在群里讲话，有好几次，她看到他在群里抢某个人发出来的红包，抢完，总会发出一个“谢谢老板”的职员鞠躬动图。她默默退出了群。

飞机落地那阵激烈的震动还没完全消失，他就迫不及待打开手机要加她的微信。

“程木易。我是实名。”

“我也是。”她手指一点，把他加了进来，在朋友权限选择那两栏，她的手指犹豫了几秒。她为他开放了自己的生活圈。她不认为会跟他发生些什么，只是觉得他不会因为日益了解她之后会对她失望。她不介意他了解自己。

分别前，他们已经可以随意开玩笑。“这两天找个小酒馆，约?”他挨近她，认真地看着她说。

“好啊。”她的脸莫名涌上了一股热潮，不过还没忘记大大方方地微笑，是那种她自以为的莉香式微笑。

除了吃饭和集体行动，他们的团队在古城没有指定活动内容，可以自由组合逛逛四方街和嵌雪楼，或者在小酒馆坐坐，聊聊八卦，也可以申请为了寻找不劳而获的艳遇而独自行动。他们自然把老谢和孙芊蔚划分在了一起，笑话老同志作息应该会合拍。孙芊蔚倒是觉得古城的作息跟那些年轻人很合拍，晚睡晚起。

在客栈简单吃过一碗米线之后，孙芊蔚出门去附近转转。快上午九点了，街上还没几个人，凌晨时分还花样百出的小货铺、小酒吧现在都没了动静，大水车在高处独自转动。热闹的鲜花和密集的盆栽原地等待，眼睁睁看着太阳从自己身上没收掉夜间得到的小费——露水，挂在花瓣上的是耳环，围在胖嘟嘟的多肉上的是项链。好在，这些稍纵即逝的馈赠被孙芊蔚用手机拍了下来。很快，在她朋友圈的九宫格图下方，前后脚出现了两个名字，老谢和程木易。她的脑子里立即浮现出那个男人。她现在已经可以清清楚楚地想起他的样子了，甚至比飞机上见到的还彻底。昨晚临睡前，她花了不少时间，悄悄翻看他的朋友圈，他发的照片、他拍的美食、他路过的地方……她屏住呼吸，手指轻轻，好像徘徊在他的家门口，生怕一不小心留下了脚印、发出了声响。她还记得他身边那个女人的样子，她多次将那张合影放大到模糊，俗气地认定她的相貌配他其实是不足的。

她漫无目的，走进一条小巷，里边的建筑风格跟主街无异，只是客舍、小饭馆挨得更紧，翘在空中的屋檐与屋檐像刚刚互诉完心事，只剩相对无言。孙芊蔚忽然想到，在这么多家客舍里，他下榻在哪一家？此刻，他跟她一样已经起床到处闲逛，还是像其他同龄人一样依旧窝在被子里刷手机？这么想着，她心里竟然有点慌张，生怕在某家客栈门口遇到他刚好出来。她不应该让他看到她现在这个样子，至少，她应该穿着那件嫩绿的帽衫。她匆匆转身回去，速度快了许多，脚下凹凸不平的石板路使她看起来走得有点仓皇。

快走到大石桥，孙芊蔚远远认出了老谢。他站在桥中央，忽而低头去看水，忽而抬头望望远处，好像天上刚落了些什么东西到水里。孙芊蔚觉得那样子还蛮有意境的，她想到了“文艺”这个词，用手机将他跟大石桥一起拍了下来。

“听说玉龙雪山的倒影会落在这水面上。”老谢指着一个方向对她说。

孙芊蔚也站到了桥中央，望望天边又望望水面。水面除了岸边花树的倒影，什么也没有。她盯着老谢指的那个方向，在一大群浓浓的云朵背后，似乎隐藏着一个比云朵更白更亮的轮廓。如果这轮廓就是玉龙雪山，那么等这些云游过去，应该就能看到了吧。他们一起站了一会儿。这时已经过上午九点了，渐渐有游人来往，古城醒过来，店铺陆续开门，放出了急不可耐的小狗，在石板路上嗒嗒嗒嗒地跑，发出撒娇的欢叫声。

孙芊蔚不确定是不是要站在这里等那一大片云过去。

老谢说，去木府转转吧，丽江“紫禁城”。孙芊蔚无所谓，横竖在丽江她去哪儿都是第一次。

老谢兴致很浓，一路上跟孙芊蔚讲木老爷，说这个木老爷聪明，一方诸侯，懂得审时度势，建府邸不设城门，不去犯这个忌。你猜，明里他对人怎么解释这个做法？孙芊蔚问题不过脑，反问他，怎么解释？

“木府，要有个城门，那不就成‘困’了？他妈的，绝！我们做 PR 的，哪有人家这机灵劲？”老谢不由自主嘿嘿笑起来，忽被一口痰呛着了，咳嗽好一会儿。

孙芊蔚一时无语，她认为老谢自从被“贬”三线城市，就开始各种自我否定，逃避现实，佩服起这种不知真假的野史。又想到此行回去后，他们多年拍档就要散伙了，孙芊蔚有点唏嘘。

没想到来木府的人这么多。老谢请了个女导游，穿着纳西族服装，红色大褂，背上围着那种古城小店里随处可见的“披星戴月”羊皮坎肩，脚上却穿着这一季很流行的小白鞋，感觉有点“跳戏”。她和老谢就跟着这双小白鞋，踏入了朱红色的木府大门。

孙芊蔚一向对导游的解说词不感兴趣，她喜欢自己转悠，乱看，在边边角角能发现一些有趣的东西。很快，有一拨拨游客围过来，蹭老谢的导游听，老谢只好紧紧跟着小白鞋。孙芊蔚嫌人多，故意落在人群后边。趁那株盛放得有点吓人的桃花树下没人，她拿出手机取景，眼睛一眨，屏幕里冒出了个人，那个人好像是从她手机微信里掉出来的。

“我就知道，我们肯定会遇到。”程木易咧着嘴，高高举起两只手，似乎早料到她要必经这棵桃树，已经等待多时。

“咳，古城小嘛。”孙芊蔚故作淡定，脑子里却荒唐地出现那件绿色帽衫，还摊在行李箱里的最表层。她有点懊恼。

他们站在桃树下说话。桃花浓艳，跟他身上那件洁白的T恤是很衬的。看清那T恤的正中央印着一行字“我们把你们想得太好了”，她笑了。昨天，他们在飞机上关闭手机前，最后刷屏看到一条即时新闻：美国高层官员被怼——“我们把你们想得太好了”。正是这句话，使她和他跳过了陌生人试探性的开场白，打开了交谈的护栏，就像在某个酒馆共同看一场世界杯球赛，陌生人会因进球而忘情拥抱。

“九十九元一件，这里的小店到处都在卖。”程木易用手拍拍胸前那行字。

经他一提醒，孙芊蔚才注意到，他们身边的游客中，果然有好些人穿着这种T恤，白T恤配黑字，黑T恤配白字，男女同款，就像突然拥进来一个规模庞大的旅行团。“动作真快，古城还蛮现代化呀。”

透过人群，孙芊蔚看到老谢走在那个小白鞋旁边，往后面的狮子山去了。她想爬狮子山，听说上面可以看到玉龙雪山。她跟上了队伍。他跟着她。他们就这样走在最末，慢慢上山。

“你总是一个人出来玩呀?”

“嗯嗯，隔一段时间，我要出来透气。”

“透气?”孙芊蔚意味深长地看他一眼，坏笑。在丽江，“透气”这两个字几乎可以用“艳遇”来替换。

他从她的表情里猜到了，有点尴尬。“不是你想的那样，就是，暂时逃离一下。”

“老婆放心你呀？”孙芊蔚记起他朋友圈那张照片，那个普通得没有任何气质可言的女人。

“我老婆是那种很强势的人，认为我什么都不敢做，嘻嘻，不过，我是有底线的啦。呃，总之，不会太离谱。”他朝她调皮地眨眨眼，跟她能产生一些默契似的。基于这种他所认为的默契，他又讲了些关于自己家庭的事。他跟他老婆是相亲认识的，结婚三年，今年准备要小孩。

孙芊蔚其实不太愿意听到这些，她只愿意他是那个在飞机上跟她一起盖着毯子看电视的男人。主要是，听到他说家里大小事都是老婆说了算的时候，她居然有点失落。后来，他长叹一口气，又说：“不过我已经满足啦，她们家在郊区有拆迁房，置换市内两套，给了我们一套。她是独生女。这样，等于我比同龄人少奋斗几十年。”

的确，她从他身上不太能看到在“奋斗”或者“奋斗”过的痕迹。放松，随性，不务正业的涉猎，好像脚底踩着一块西瓜皮，滑到哪里算哪里。她不就是被他这些所吸引的吗？

“出来透气，有意思吗？”孙芊蔚故意将“透气”两个字说得很重。

“说不上，就是想能遇到一些有趣的人，比如像你这样的啊。”他笑着，忽地抬起手，伸过来，似乎是想摸摸她的头。

出于本能，她生硬地闪开，随即担心自己反应过大会不会伤害到他。这一刻，孙芊蔚特别想做点什么，哪怕像老谢那样，傻傻地顺着小白鞋的手指东张西望。这样可以阻止心里那阵隐秘的悸动奔跑进两人的沉默当中。可是，小白鞋已经领着老谢他们消失在山体的拐弯处。

他的手再次伸过来了，平摊在她眼前，是一只银色的无线耳机。

“我是想请你听首歌。”

“哦，哦，谢谢，好的，好的。”孙芊蔚有点语无伦次，幸好，耳朵里突如其来响起那一阵熟悉的旋律，使她的情绪不顾一切，完全集合为一种——那是每次听到这首歌都会不期而至的感伤。

跟她一样，他研究过她的微信。几个月前，她转了这首歌：“音乐响起就泪奔，小田和正七十四岁了，声音还如此清澈，像极了我们逝去的青春和爱情。”他竟很有耐心，从她一日日更新覆盖掉的生活底部找回了这首歌。

《突如其来的爱情》，莉香的微笑如在眼前。一九九五年，坐在大学宿舍的集体电视机房看《东京爱情故事》，她和同学不懂日语，主题歌响起，她们饱含深情，咿咿呀呀跟着哼。奇怪的是，此后很多年里，这首歌曲总是在某些时刻从她心里出现，譬如踩着点上班去追那趟正在发动的公交车、鼓足勇气去找上司提出一些意见时，譬如在某次竞争上岗演说之前、某次应酬独自返家的夜路上……那段副歌的高潮部分到来，如同战歌。妈的，二十多年后，她竟然成了这个样子——宽大舒适的灰外套罩着一个松弛、随遇而安的中年妇女。妈的，一九九五年，他应该还没开始发育吧。

在歌声中，她的泪水就要夺眶而出了。她只好深吸一口气，假装欣赏前面的风光。

另一只耳机塞在他的左耳。但他什么都不懂。没准看到她这副样子，以为她是个有故事的人呢。她没有故事，生活就像现在这样，偶然撞见这首歌，突如其来，又必然地消失在日复更新的微信朋友圈里。

孙芊蔚机械地抬起腿，迈过一级级石阶。转过一个弯，豁然开阔。上山的游客现在全集合在观景台。顺着大家的目光，她找到了雪山。因为角度问题，在这里只能看到与云团相连的那一点雪山尖，但还是能辨认出来，云团混沌、藕断丝连，雪山清亮、棱角分明。不过还是与预期的不同，她以为能望见画册中那座巍峨冰川。她看见了老谢，站在观景台的最角落，跟大家一样，抬头看着雪山，手掌却一直拍打着栏杆。她听不到他说了些什么。

那首歌一直在孙芊蔚的右耳朵里播放，单曲循环。几遍后，刚才那阵浓烈的感伤消停下来，望见雪山的激情也逐渐消退。老谢找到她。他们一起下山。她没跟老谢说起程木易，那只小小的耳机不为人知地被她垂下的头发掩盖起来。他就如过往游客中的一个，默默跟在他们身后。有时候，耳朵里的歌声断了，她悄悄回头去看，他在某段狭窄的山路被人群隔远了。近了，歌声又响起。

蓝牙耳机的接收范围，十米。他不断克服拥挤的人群，努力保持孙芊蔚耳朵里那首歌完整，一遍又一遍。

晚上，团队在一个木楼饭馆聚餐，二楼包厢。老谢姗姗来迟，大家都快把餐前凉菜吃光了，才见他拎着一个大黑塑料袋推门进来。他先不落座，将塑料袋打开，顺时针走一圈。于是每人手上都得到了一份礼物。老谢说是给大家丽江行留个纪念。年纪最轻的小赵挨着门边坐，他第一个拿到礼物，拆开看，是件T恤衫，抖开在自己身上比画，孙芊蔚就看到了那行黑字：“我们把你们想得太好了”。再仔细去看老谢，他穿一件崭新的白 T 恤，袖口的褶痕还没完全展开，那行字印在左前胸，比程木易胸前那行稍微偏向心脏位置。

老谢反复强调 T 恤是他个人出资，与公司无关。按人头发完，他坐到孙芊蔚旁边的空位上，顺手将最后一件黑的递给她。

团队里一贯机灵的小赞展开手上的 T 恤，站起来，脑袋往领口一钻。他太瘦了，T 恤可以装进两个他，很有喜剧效果。大家看着他，嘲笑一通。他索性开始表演，围着桌子夸张地走几步，忽然，朝门口的方向一望，像见到了鬼一样，“Oh, Mr. Darcy , Mr. Darcy .”他对着木门点头哈腰。说完，又迅速挪到门口的位置，换成 Mr. Darcy 的语气：“You are fired! Get the heck out of my office!”靠门边的小赵惊叫几声，配合了他的表演。有段时间，不知道谁做了他们大老板 Mr. Darcy 的表情包，这句话在公司流传很广。老谢用手指着他，哭笑不得。“Oh, no, you can’t do anything to me, Mr. Darcy, give me a chance, please, please.”小赞求饶的表情滑稽，天生八字眉，皱起来真像个倒霉蛋。大家被这个倒霉蛋的形象逗笑。受到笑声的鼓励，小赞身板一挺，瘦长的脖子从空荡荡的 T 恤里抻直，指着门口那个看不见的 Mr. Darcy，抑扬顿挫，中气十足，说出了印在衣服上的字：“I think we thought too well of you.”

小赞用做作的英语念出这句话的时候，笑声收敛了，好像那个看不见的 Mr. Darcy 真的推开了包厢的门。

“这小兔崽子，”老谢站起来，指着他笑笑，“来，白切一杯，祝贺演出成功！”

孙芊蔚喝的是啤酒，名叫“风花雪月”，跟这两天他们在古城必点的一种叫“水性杨花”的蔬菜很配。

他们订的是全菌宴。每一道菜里都有菌，每一种菌都不重复。牛肝菌、鸡纵菌、羊肚菌、扫把菌……他们认不出几种，每上一道都要问服务员，转盘一转，又忘记了哪盘是什么菌，七嘴八舌讨论一番。于是老谢给大家讲了一个吃菌的故事。说是多年前有个朋友，吃货，吃遍了常见的食材，就去各地搜罗珍馐。有一次去了大理，当地一个朋友跟他同好，带他去吃一种菌。这种菌长得很魔幻，菌盖肥厚，布满白色凸点，像苍穹上的星。入口，有一股说不出的腥鲜长久挂在口腔内，辣酒都冲刮不掉。吃下半小时后，人先是涕泪肆意，继而异常亢奋，眼见一只只小人从桌子上咕噜噜滚落在地上，围着自己跳舞，而自己变得巨大无比，头顶着苍穹，天灵盖上感觉有星星擦过，凉飕飕。老谢讲得真真的，如同他本人亲历。座中鸦雀无声，不知是在怀疑还是吃惊。老谢讲完，小赞赶紧说，网上搜索一下。大家才回过神来理性分析，认为应该是一种毒菌，致幻。

孙芊蔚在老谢讲故事的时候开始坐立不安。吃饭途中，她接到一条微信：我在小巴黎酒馆，你来不？他已不再称呼她“蔚姐”，而是坐在“我”对面的“你”，一切关系开端的“我”与“你”。接着他又发了定位。虽是意料之中，孙芊蔚依然忐忑。她打开那个定位图，酒吧街在她的西北方向。从图上看，他坐着的那张吧凳与她此刻屁股下的凳子相距不到五厘米。她觉得凳子的四只脚已经稳不住自己了。她站起来揉了几下腰椎，故做久坐腰酸的样子，扭扭脖子，就像在办公室做的习惯动作。接着她顺势走到窗前，仿佛第一次发现那上边居然摆着那么多怒放的鲜花。她在窗口延宕了一会儿，透过花丛看出去，古城像是在过着某个节日，游人熙攘热情，灯光浓妆艳抹，天上明月催人……她望不见酒吧街。坐下来，他们还在议论老谢讲的那些小人，她一句都听不进去。过会儿，她又起身去卫生间。在镜子里，她看见了自己，嫩绿的帽衫显得她年轻了些，“风花雪月”酒使她的脸红扑扑的。她从口袋里掏出口红，给嘴唇补了点颜色。她盯着自己看，认为完全可以从卫生间直接溜出去小巴黎酒馆，“嗨，喝到第几瓶了？”她连第一句话都想好了。就在对着镜子表演的时候，她看到了额头上那根白发。它居然又在那儿了！早些时，它就像与她玩游戏般，先是潜伏在黑发中，被她找见，她把它拔掉了。过一段时间，它又长出来，小旗杆般竖在头顶，特别显眼，她又用手去拔，但是太短了，手指根本没法使力，她只好用剪刀剪掉。春风吹又生，它是什么时候又悄悄发芽的？她不得不花点时间专心对付这根理直气壮的白发。对着镜子，她数次用手指拈起它，可是一用力，它就从指缝里溜掉了。最后一次，她用指甲尖夹住了它，使劲一捋。它立即柔软了下来，卷曲，钨丝一般，垂挂在她的额前，是她头发当中变异的一根，在灯光下特别耀眼。这卷曲的战栗，将会成为她与一根白头发“奋斗”过的证据，暴露在他的眼皮底下，她的努力将会被识破。她认为这是不该为他所知的，连同她一开始对那件绿色帽衫的焦虑。

重新坐到凳子上。他们的话题没变，还在讲那种魔幻的毒菌。小赞问她：“蔚姐，你有没有产生过幻觉？”孙芊蔚咕嘟喝下一大口酒，不置可否。如果此刻真的有一只只小人从饭桌上跑下来，她一定会命令他们，立即动身，去酒吧街，去小巴黎酒馆，看看那个等待的男人现在还在不在。她会隔一分钟命令一只小人出发。

一九九五年的那个电视机房里，她们一边掉眼泪一边大骂。永尾完治因为关口里美的到来，眼睁睁看着约定的时间一分一秒过去，而可爱的赤名莉香在寒风中等到了深夜。这是她们第一次感到爱情的意难平。这画面刻骨铭心，以致孙芊蔚在现实中遇到这类纠结、软弱的男人，调头就走。现在，孙芊蔚始知等待有两个部分——等待时间到来和等待时间过去，不能说谁更好受一些。

大概是酒的缘故，孙芊蔚根本没有睡意。借着酒劲，她改变了他的微信权限，轻轻松松地。从此，他看不到她，他点开她的朋友圈，将会看到一条淡淡的灰线，她沉潜在这条灰线以下，在他看不到的时空。每一天，她跟过去一样，更新、等待，更多的是在做着他所认为的那种“奋斗”。

做完这一切，她披了件外衣出门。草丛边的路灯，照见那匹匍匐的木马，夜色掩盖了它身上的沧桑，姿态的确有点萌。转了一圈后，她站到院子中央。古城灯光退去，夜空繁星毕现。她有多久没看到过这么清晰的夜空了。越看，星越密。在正北方向，一颗最明亮的星吸引了她，在这颗星的导引下，她竟然幸运地连出了那只“大勺子”。如此坚定的七颗，如此坚定的距离。她像发现了新大陆，差点叫了出声。很快，她的耳朵像被谁塞进了一只耳机，没有任何前奏，突如其来，直接是那段高亢的副歌。仿佛一只无形的手，摁响了天上那七颗音符，忽明忽暗，又远又近。此刻，蓝牙的接收范围是无限。

雪山路上的“故事咖啡馆”

李　浩

一

我的学生总爱突发奇想的胡月和她的同学丁帅、杨婧媛在丽江雪山路上开了一家突发奇想的咖啡馆，名字就叫“故事”，她告诉我她的灵感来自奥尔罕·帕慕克的《我脑袋里的怪东西》，在她脑袋里的怪东西也时常叮当作响，于是她就想为这些“怪东西”找个合适的出处，于是有了这家咖啡馆。“我们几个都喜欢丽江，它实在太美了，也是一个适合故事生长的地方。其实，开这样一家咖啡馆还是受到了你的启发，你还记得你在课上讲述的小说《连长的耳朵》吗？当时你谈到了丽江和它的古城，说那里的故事充满了异质性和想象力，完全可以建构一个马贡多或者约克纳帕塔法——可能你是随口一说，但我们决定就来这里试一试。当然，我们也知道我们的咖啡馆肯定小众，挣不到什么钱。也就是我们的一个乐趣而已。不过，我们商量：就用咖啡馆来验证一下自己，训练一下自己，看自己究竟是不是写小说的料儿。”

在微信中她告诉我，她购置了两台德龙咖啡机、一台飞利浦咖啡机，它们各有不同，至于是怎样的不同胡月曾给我说过几次，但我一转身就忘得一干二净，就像，我忘记自己曾说过丽江古城可以“建筑”成马贡多或者约克纳帕塔法一样。不过我也难以否认自己曾这样说过，因为这样的说法也真的正合我意，像是我能说出来的话。“我们三个志同道合的同学，都想在这样的实践中得到些启发和锻炼，你在课上也说过，我们现在缺技艺也缺生活，你可以教给我们基础的、基本的写作技艺，也可以拓展我们的思维，但生活是教不了的，生活经验是教不了的。你知道婧媛平时不爱说话，也不爱回答问题，可她是一个很有想法的人，她脑袋里的怪东西一点也不比我的少。她有这样的才华。毕业前我有了开一家故事咖啡馆的想法，我们就一拍即合。”

雪山路上的“故事咖啡馆”与别家的咖啡馆没有太多的不同，它也售卖种种的现磨咖啡、挂耳咖啡，种种的烘焙食品，有书籍、杂志和塔罗牌，以及乐高积木，以供咖啡馆里的顾客打发自己的空闲。雪山路上的“故事咖啡馆”与别家的咖啡馆有一个显著的不同，那就是它有一个“留下自己的故事”的项目。就是说，如果有谁愿意讲述一段与自己相关的故事，这个故事要是有一定的曲折性和长度，谁就可以免费获得一杯现磨咖啡和三个小时左右的个人时间。“怎么样，这个创意?”胡月在微信里发出笑脸，“老师，我们也想请你参与。丁帅反复地说，若是李老师也参与就好啦，我们也可以把李老师邀请过来……”

我回复说，这个创意不错，只是，你们所说的故事的曲折性和长度不太好把握，会不会有人因为这个“曲折性和长度”而打了退堂鼓？毕竟许多人有着一肚子的经历却讲不成故事，我在整理县志军事卷的时候采访过许多的战争亲历者，能问出故事来的几乎没有，尽管我们早先了解一些他们的经历，百般诱导。而且，加了这样一条并不那么明确的限制，也容易让人感觉有商业欺诈的嫌疑，可能会造成纠纷。至于我，我可以参与，就在微信中——如果你们几个都写得还不错，我也随后写一个，然后找一家刊物一起发表，就像当时我们同题写《会飞的父亲》那样。至于丽江，我去过几次，而且，有机会一定会再去。

“好呀好呀，”胡月迅速回复，“你来了我们当向导，陈露的驻防离这里也不远。她还说你要是来她也过来。”然后，停了一会儿又说：“是的，这是个难题。我们暂时不附加这一条件，顾客只要肯向我们讲述自己的故事就行，讲述过程中，允许我们提问——这样可以吧？”“丁帅刚才说，老师得给我们评判，看我们根据人家的故事重新创作得好不好、行不行，这个你能答应吧？就是会占老师一些时间。当然，能发表就更好啦。”

“行。不过，最好你们三个人都有了构思之后我再比对。”

“就像我们原来在课堂上那样？”

“是的，就像在课堂上那样。”

“好。丁帅要和老师语音通话。不知道你有空不？”

“这家伙就是懒。以后告诉他，打字。好吧，我现在没事。”

二

应当是并不顺利——我指的是“故事咖啡馆”里的故事项目，

在他们开张之后半个月的时间里，胡月给我发过来的是咖啡、咖啡杯，是门外的流水和开在门口的花。杨婧媛发给我的则是屋顶上的玉龙雪山的早晨、下午和黄昏，丽江古城的早晨、下午和黄昏以及黑龙潭的正午。每张照片，一向细心而严谨的她记下了时间和地点，并附上简短而有诗性的文字说明。而丁帅发给我的，则是他拍摄的人：男人和女人、老人和孩子、站在路边售卖鸡豆凉粉的纳西族女人、咖啡馆里一个面色浓郁的女孩——她应当是一个游客，丁帅很偶然地捕捉到了洒在她侧脸上的霞光。“老师，我现在迷上人像摄影了。我觉得其中有无穷的乐趣，它充满了偶然和不可知，我一路走下来，不知道自己今天能遇到什么，不知道能不能找到满意的片子——这些不知道，不就是艺术吗?”他发来的还是语音，这段话被分成了两段，但随后的一句则是文字：“放心，老师，我还是会写小说的，她们打击不到我!”后面跟着一个有些怪异的笑脸，是他自己做上去的——这个丁帅，一直喜欢玩这样的花样儿。在读军艺研究生之前，他曾做过不算成功的导演，这些花样儿是他在当导演的时候学的。

应当是并不顺利，否则的话他们早就给我故事了，以我对胡月的了解，对丁帅的了解，他们绝不会在得到心仪的故事之后依旧对我保密。因此，我也不好意思特别追问，只是在讲课和写作的间隙与他们互动，谈我的丽江印象，譬如一路上反复地遇雨，刚刚把伞撑起雨就停了，艳阳晒着那些袅袅的水汽，更让古城变成了仙境，我只在丽江和大理，才见过街道上“蒸发”的奇景，也更清晰地理解了“润泽”这个词。譬如丽江城中不歇的水流和藏身于水草中的鱼，那种清澈真的是久违，我都想脱下鞋子去水中踩一踩，这个冲动其实很不好制止。譬如攀登玉龙雪山时“肥胖的缺氧”，我一直觉得是自己“想出来的病症”，如果不提示自己海拔，或许根本没什么问题……我也会把我新写的文字发给他们看，但彼此心照不宣地不提“故事咖啡馆”里的故事采集，它就像一个还没有放置好井盖的窨井，我们一起把它绕了过去。应当是并不顺利，或许没有多少人愿意为一杯咖啡而向陌生人敞开心扉——这不是咖啡的问题而是心理的问题，就像我在我的“小说创作学”课上曾说过的那样：我们这个民族、这种文化背景下的人，几乎就没有什么倾诉的习惯，我们更愿意自己慢慢消化，不会选择说出。即便是我，我们这种以写作为生的人，也不会轻易地向别人敞开，所以在我的小说中多讲述“父亲”的故事——许多时候，那个“父亲”可能更多的是我，有些让人羞愧和不愿正视的东西，放在“父亲”身上就没太多的负担，而假设交给自己，就会产生强烈的不适。“我和卡夫卡、穆齐尔他们一样，不会给这个世界留下什么信史。”其实这是转引一位作家的话，我悄悄把那句话里的“我”变成了站在讲台上的我。“但我写下的文字是真诚的，它用遮遮掩掩的方式表达的是我的真实认知和真情实感。”

我小心翼翼地绕过“故事咖啡馆”以咖啡换故事的那个项目，装作部分地“遗忘”了它——我不希望这几个刚刚毕业的学生在我的提醒下感到受挫，尽管有时候受挫这样的事会时常发生。我等着他们提及，如果他们想提及。

大约“故事咖啡馆”开张二十天后。一天下午我突然发现自己的微信里多了一个群——“故事五人组”，除了我和三个经营“故事咖啡馆”的学生，他们还把陈露也拉了进来。“老师，我们有故事啦!”微信里的胡月欢呼雀跃，“只是，我们不知道该怎么处理它!所以，我和丁帅、婧媛商量，建个群——我们也把陈露师姐拉了进来，希望师姐能够参与。”接着，杨婧媛和丁帅分别与我打了招呼，我一一回复过，然后和陈露打了声招呼，她没有回答。

“老师，”杨婧媛私信我，“你可能不知道陈露姐的事儿吧?她离婚了。自己带孩子，工作又忙。这段时间心情特别不好。我们想，把她从那种情绪里拉出来。至少，要试试吧?她不回话，老师也别怪她。我怕你不知道她的这个情况。”

我和杨婧媛在私信里正说着，“故事五人组”群里，胡月则把她整理的故事发给了我们——她说，这是三天前一个叫了一杯美式咖啡的男人给她们讲的，当时丁帅应是在外面拍片。下面，是那个男人的故事。

你们知道不知道在玉龙雪山后山有一个被称为“殉情谷”的地方?不知道?好，我先讲给你们听。在玉龙雪山后山的山谷里，有一处绝美的地方，却很少有人去，那里被称为殉情谷。它几乎和丽江古城一样古老。相传在远古的时候，有些痴情的男女相爱了，但苦于种种限制，他们不能在一起，甚至被迫永远地分开。这些痴情的男女却像着了魔，如果不是这样当然也就不算痴情了。于是，男人和女人悄悄地商量好，一起来到殉情谷，在谷边的树上刻下自己的名字，然后拥抱在一起，跳下山崖。传说，殉情的男女会一起进入可怕的炼狱之中，一直要在那里待上三百多年——如果他们到那时还相爱，则会获得神灵的特别祝福，进入没有痛苦、没有衰老的“玉龙第三国”，永远地相亲相爱下去。知道了这个背景，我就可以讲我的故事了。

我是来这边做生意的。有过一次婚姻，但早就离了。我经营的是翡翠和银制品，日子嘛，反正过得下去。我来这边的时候正是我的低潮期，无论是家庭、事业还是别的什么，哪儿哪儿都不顺。后来，我就遇见了我的女友，就叫她小翡吧，也没必要说她真实的名字。相遇嘛，也没什么特别，就是自然而然地……我们的相爱是后来的事儿，甚至都没意识到它会发生——也不能说完全地没有意识到，作为男人，我是有些期待的，但一直觉得不可能，我大她九岁，而且是一个离过婚、过得很不如意的男人。我不想说我们相爱的过程，我希望你们理解，它没什么特别，与后来我在周围的朋友那里以及网上听到、见到的所谓的爱情故事一样，我和小翡的故事真没什么特别的，就是慢慢地慢慢地……她的父亲母亲都不同意。她父亲找过我，来了不止他一个人。他狠狠地扇了我十几记耳光，要我滚蛋，离得越远越好。如果不被扇耳光，我也许会答应他的条件，但因为他的耳光，我决定不走，我就在这里，继续我不死不活的生意和不死不活的生活。她父亲没办法，只好严格地看管着小翡，不让她再和我见面，让她长辈中意的追求者出入她的家……我承认，我们之间的感情反而因此更为炽热。我也有过许多疯狂的举动，引得她父亲砸了我的铺子，当时，我觉得没什么可后悔的。后来，小翡通过一个秘密的方式向我表达殉情的想法，我一冲动，同意了。对我来说她就是我的全部，我愿意。按照她所说的时间、地点，我准备和她一起去殉情谷。就在我准备出门的时候，她母亲出现在我的门口。是的，像你们猜测的那样，我没去成，我答应了小翡的母亲，带小翡远走高飞，等她父亲想通了、理解了再回来——我承认自己更认可这一选择。

小翡？她也没去成，她父亲看着呢，我们之间传递秘密的事情早已经被他发现了。我在自己的店铺里等着小翡，她母亲说会做好小翡父亲的工作，至少会帮助小翡远离——然而没想到的是，她食言了。或者她根本就没有把自己说的那些当真。

没有了小翡的消息。我当然难过，极其难过。那段时间，我度日如年，天天泡在酒吧里——酒吧的老板都知道了我的住处，每次喝醉，就会派人把我送回家。某一日走出酒吧，我突然在一个拐角处发现了一个女孩，她看上去那么那么像小翡——我就喊她，想追上她，可是只一个瞬间她就消失得无影无踪。大约又过了三个月。我已经渐渐地平静。不平静又怎么办？我已经失去了小翡。在苦闷的时候，我承认……自己对不起小翡。当时我并没觉得对不起她，我只是尽力地想把她挤出我的生活、记忆和印象，就是那样。这一天，我正在自己的店里，店里冷冷清清，当时也没别人，我当时觉得自己完全不是做生意的料儿，有一种特别心灰意冷的感觉。小翡伯伯家的一个哥哥来找我。他告诉我说，小翡没了——她自己抱着一个枕头跳下了殉情谷。枕头上，写着我的名字。不可能！我当时很激动，认为他在撒谎——那一日，我没能去成那个所谓的殉情谷，小翡也没去成，她被她父亲严格地看管着……他告诉我，小翡去了。严格看管是不假，但她去了，还有那些看管她的人，而他就是那些人中的一个。她没有等到我来。伤心欲绝的小翡决定离开丽江。她的父亲母亲答应她离开，于是小翡就跟着她的小姨去了香格里拉。当时的交通没现在方便，而她，也更换了一部新手机。她以为我没有去殉情谷是因为我自己，根本没想到是因她的母亲……可是，后来她还是从她小姨偶尔的只言片语中知道了是她母亲的原因——上个月，她返回家里，和父母狠狠吵了一架，可她父母依然不同意，他们似乎更为坚决。没几天，就发生了那件事儿。小翡谁也没有告诉，偷偷地从家里跑了出来……

那个男人说，这个意外的消息对他的打击实在太大了，他没有想到事情会这样发展，没有想到小翡会那样刚烈。那个男人说，这就是他的故事。小翡离开之后，他每年都会去玉龙雪山后面的殉情谷看一看，真的，那里的景色很美很美。他觉得，小翡跳下山崖抱着的其实是他，而留在这里的，不过是那个写了他名字的枕头而已。他只是一个枕头人，现在。

“老师，我们对这个故事有严重的分歧。这几天，我们天天都为这个故事争吵——说实话，我们都想不出，它应该变成一个怎样的故事，”胡月在群里说，“我想不出怎么写——它有点太完整了，给我发挥的余地不多。而我，又不想写一个已知的故事。老师，你有没有这样的时候，就是，听来的故事太完整了，反而限制了你的想象？”

没等我回答，杨婧媛已在群里说话：“老师，我觉得它应当是一个编出来的故事，而不是生活里发生的。他很可能是在什么样的资料中得到的这个故事，然后以自己的故事的面目讲给了我们。如果我来写这个故事，必须完全地改头换面，否则很可能从一开始就不是新的，是不是？我觉得，它可能有一个审视爱情的主题：一方的飞蛾投火，另一方的左躲右闪和自我美化。从一开始就不是一种对等的关系。它所导致的后果……我还没有完全想好。”

“我也认为它是编出来的故事，是虚构的。它完全不符合时代，”丁帅插话，其实在杨婧媛讲述的过程中他已经插话，只是为了叙述的方便和顺畅，我做了些调整。“我不信那个男人的话。男人嘛，就是掏月亮的猴子，你看他身子扑下去了，可尾巴还挂在树上。什么殉情谷，什么神仙传说，我都不信，再说现在都什么年代了，还一起殉情，还父母不同意……它要是发生在古代，我可以信，现在我真的不会相信。”

“关键是，你可以由它讲一个什么故事，”胡月说，“我们是基于别人讲的故事再讲我们的故事，老师不是说过嘛，从生活到小说要经历一系列复杂而深刻的变动，最后变成小说，它可能完全不同，关键看我们所取。是不是这样？”

“我还有个疑问，”杨婧媛说，“我们能这样写殉情吗？我总觉得惨兮兮的，一看就像是为讲故事而讲故事。”

胡月在群里接过话茬儿：“我也在想这个问题。我倒不是怀疑真假，老师，我觉得那个男人不像是说谎的样子，当时听得我还挺激动的，跟着他心酸。我的疑问也是能不能写。有些生活里的发生，可一进小说就显得特别假，老师你说这是什么问题啊？”

我说，大家还记得我给你们讲过的马里奥·巴尔加斯·略萨所说的那句话吧，在上课的时候我曾和大家讲过，而且是胡月帮我做的 PPT。他说，文学没有欺骗，因为当我们打开一部虚构小说时，我们是静下来准备看一场演出的；在演出中，我们很清楚，是流泪还是打呵欠，仅仅取决于叙述者巫术的好坏，他企图让我们拿他的谎话当真情来享受，而不取决于他忠实地再现生活的能力。生活里的一些发生，包括一些奇奇怪怪的事儿，它很可能是非逻辑的，或者说，我们这些非经历者看不到它的逻辑。一旦进入小说，你就必须暗暗强化这个逻辑关系，强化他行为的说服力。这一点，永远是对作家能力的考验。你写下的是生活故事，它当然需要说服力，而你写下一天早晨格里高尔·萨姆沙从一个令人不安的睡梦中醒来发现自己变成了一只巨大的甲虫这样具有荒诞和魔幻意味的小说，也必须要有说服力，甚至更需要说服力。它真的不取决于是否“忠实再现了生活”。在这点上，我们许多的理论本质上是错的。

我说，我也觉得这个故事是一个“基本完成”的故事，如果我们想以它为支点建构一篇小说——当然这只是个人的意见，不保证它正确也不保证它适用于你们每一个——如果我们想保持它的基本原样，那需要添加的就是：一，心理上的，这里面心理的部分特别值得挖掘，我们的写作应当为这个男人建立起丰富而敏锐的神经末梢；二，逻辑上的，如果你觉得哪里有些假或者不太符合我们现在的思维方式，那好，你就要更换掉你觉得假的和不符合的部分，换成符合的情节与细节，在更换的过程中一定要注意它的逻辑性。生活中可能有“非逻辑”，但小说中不能有，小说中的“非逻辑”往往是“逻辑”的一部分，是为了具体的表达而制造出来的。既然丁帅觉得殉情谷的故事不符合时代，那好，你可以将它变成一个符合时代的殉情故事，也可以把它变成一种偶然，就像列夫·托尔斯泰在《安娜·卡列尼娜》中为安娜安排的走向车轮那样；既然杨婧媛觉得它过于惨兮兮，那好，你可以安排她出走，安排她走向另一条生的道路，这没关系，关键在于你必须把逻辑的发条拧得足够紧。

“老师，如果你来写，你会写成一个什么样的故事呢？”胡月问。

我……我认认真真地想了一下。如果让我来写，我可能会把那个男人故事讲到最后说的那句话作为支点，就是，他因为某个人的离去、爱情的失去而变成了一个枕头人。你们也知道，我习惯那种有些荒诞感的寓言性写作——我的故事，从他成为一个枕头人开始讲起，让他成为某家布店里的枕头人，被堆放在一大堆新进来的布料里面。进进出出前来买布的人们完全忽略他的存在，就连布店里的女店员也忽略了他的存在。后来，前来旅行的一家人看中了这个枕头人，在经历一番讨价还价之后高个子男孩买走了他。而这个男孩的父亲，也正经历着理想的挫败、生活的挫败，越来越麻木懈怠，也正在慢慢地变成另一个枕头人——他们来丽江旅游也是试图改变这样一种状况，想恢复男孩父亲的活力和热情……后面的故事，我还没有想好，但会把“枕头人”当成一个支点，化虚为实。

“老师，那你说，我的那篇应该怎么写？”杨婧媛问我，并在问话的后面加了一个吐舌头的表情。

我说，我现在还不清楚，因为你没有给我提供你想要的故事。不过，你已经设想了它的主题：一方的飞蛾投火，另一方的左躲右闪和自我美化。从一开始就不是一种对等的关系——你可以顺着它继续你要讲的故事。我觉得它可以是一种寓言化的小说，你所确定下来的，是它的主题深刻性，这恰恰是我最愿意看到的。我们知道文学源自生活，来自生活的切肤感受当然是寓言性小说的支点，但它成为寓言性小说的时候需要有一个锤炼和萃取的过程，它必须要使那些从生活中得来的感悟和思考变成具有深刻感和新颖度的思想观念。有了思想观念，它离完成还有一个漫长的距离，因为它要重新“变成故事”，变成生活或类生活的故事才行，而这个故事应当妥帖、新颖、有魅力，这其中必然会经历一系列不太为非写作者所知的复杂而深刻的变动。这个“变动”，我暂时不能替你设计，你有大体的设计之后，我可以和你一起补充，你看这样可以吗？

“好吧，我就是没想好故事。我觉得不能被他所讲述的故事困住。但事实上，它或多或少困住了我。我再想想。”

“老师，我也想了一个故事，但它看起来与这个男人讲的殉情故事不搭界。我想的是一个爱与欺骗的故事，一个貌似真诚真情的猎艳者……这个故事我想讲得曲折、离奇，像你强调的那样，有多重的波澜，至少三层，后面的波澜要高过前面的波澜……”

后面，丁帅又发了一大堆的语音，我将它们一一转成文字。而自始至终，陈露没和我们说一句话。我本来打下了“陈露，你怎么看这个故事？你有什么想法没有”这些字，但想想，又将它删除了。

三

“我们又有故事啦！”

是一个女孩讲的，她说，这是她小姨的故事而不是她的。她觉得小姨的这个故事值得记下来。“我要讲的是一个爱情故事。”

二十世纪八十年代中期。那时候，小姨在上大学，像许多同龄的男孩女孩那样疯狂地爱上了诗歌——她迷恋着顾城、舒婷和戴望舒，迷恋着埃利蒂斯、帕斯捷尔纳克和伍尔夫，她在所在的学校诗社里，争取到了一个核心社员的名额，负责张贴油印的诗歌报纸和诗人作家前来讲课的公告，也正是因此，她近距离地接近了那个诗人，然后对他一见钟情。

女孩觉得，小姨的情窦初开包含了两个方面，一方面爱上的是诗，另一方面才是那个诗人，甚至只有很小的一部分是那个诗人，但小姨自己并不清楚，她觉得这两者是一体的，完全是一体的。小姨一见钟情，爱上了大她十一岁的诗人，她知道这是一份不可能的爱情，可她就是不可自拔。在那个年代，诗歌是有光的，那个桀骜的男人是有光的。毫无疑问，那个诗人在征服女孩子方面也是个高手。三五天的会议，这个女孩全然地交出了自己，她有着飞蛾扑火的冲动，这冲动是那样强烈，以致她更多地爱上了牺牲——会议结束，参观结束，诗人飞回，这个女孩则还处在不断的燃烧之中，她能听到自己身上噼噼啪啪的火焰声，感觉到身体里被烧毁的空洞以及由此产生的疼痛与快感。她给诗人写信，一封又一封。诗人终于有了回信。接到诗人信的那一瞬间，她的泪水一下子决堤，在那个时刻和接下来的时刻，她都把自己变成了泪人。

花开两朵。半年的时光对于诗人而言那么短暂，他偶尔地会想起她，会想起那份炙热和飞蛾扑火般的身体。想起的时候，他的心也会疼——半年的时间里，他写了三首诗给这个遥远的女孩，而另有七首诗写给另外的女孩。在一首诗中，他把自己比喻成不羁的野马，不肯为任何一朵格桑交出自由……是的，他也是这样做的。他放浪不羁，身边围绕着许许多多的女孩和女诗人，许许多多。他几乎已经遗忘了小姨。这是后来小姨自己说的，小姨说，这是诗人的原话。他以为，他们就像夜空中的流星，去年开过的桃花，大约不会再次相遇，然而他实在低估了小姨内心里的冲动。一个傍晚，她突然地出现在他的面前，湿漉漉的样子：那时候的K城，刚刚下过一场大雨。

他们生活在了一起。小姨不了解诗人，其实也不了解自己，她在自己的爱情中，真的是卑微到了尘埃里。她知道他有别的女人，她知道他本质上并不看重自己的这份情感，她知道自己的一厢情愿将会是怎样一个结果，但她还是决定义无反顾。他们在一起生活了大约半年，小姨还在上学，但学业已经一塌糊涂，她在C城和K城的路上不断地来回奔波，不断地带着泪水和委屈返回校园。半年之后，小姨被诗人赶了出来，赶出来的理由荒谬至极：她不愿意诗人带回不同的女人睡在她的床上——诗人认为她是在干涉他的自由，是无理取闹，她没有权利这样指责他，这让他心神不宁。

小姨，带着一颗破碎成粉末的心回到了学校。这时候，她却变得异常平静，仿佛她经历的部分已经被她完整地切除了，就在返回学校的路上，一切一切，变成了空无。那个前来咖啡馆里讲述这个故事的女孩说，她小姨和诗人的故事其实家里人知道，但没有人敢劝她，大家都小心翼翼地，生怕她一冲动做出什么更为出格的事儿来。但回到学校之后的小姨可以说脱胎换骨。她继续写她的诗，她的诗歌也已经脱胎换骨。她，成为校园里小有名气的校园诗人，毕业后被分配到省文艺出版社工作，直到去世。不过，她被分配到出版社后就没再写诗，一首也没有，小姨给出的理由是她看到的好诗太多了，自己的不值一提。

女孩说，她小姨没有再进入任何一次新的恋爱中。没有。她就一个人平静地过了下来，日常生活只剩下看书、编稿，偶尔去爬山、旅游。今年夏天她小姨离开了人世，癌症，但走得非常安详——女孩和自己的母亲一起去整理了小姨的遗物，她的遗物并不多，大多是书，只有两个日记本被她放在一个角落里。是她和那个诗人的生活日记。之前的日记本没有被女孩和她的母亲找到，之后的也没有。她觉得，既然“故事咖啡馆”希望收集故事，她小姨的这个故事就应当被记下来。

“你们觉得这个故事怎么样？”

杨婧媛率先回答：“我觉得它很有年代感，这个背景是无法移动的，如果挪到现在，它就会有所失真——现在的女孩不那么看待诗，也不那么看待爱情了。老师，你觉不觉得，如果从女孩的角度，或者从第三人称的角度，会把这个故事写简单吗？它就变成了一个单纯的爱情故事，虽然也有打动人的力量。我在想，我可以从哪个角度来写这个故事——是不是可以从那个诗人的角度？事实上那半年的生活也毁掉了风流不羁的诗人，尽管之后他依然那样风流不羁，但这个女孩（小姨）似乎放了些什么可怕的东西在他心底，总让他骤然疼痛。诗人觉得自己的生活出现了某种不可弥补的裂痕，他痛恨，痛恨他自己。在女孩离开之后，他越来越怀念她的好，包括她的撒娇、小脾气、忍耐和装作视而不见的心疼……他觉得自己被不经意地拽入了深渊。为了抵抗对她的想念，抵抗自己内心里时时泛起的愧疚，诗人开始自暴自弃，他用种种的方式来惩罚自己……”

“好啊，这是一个很好的角度，婧媛，我非常非常喜欢你的这个设计！这样会使原来的故事有了多重的褶皱、多重的迂回，这恰恰是属于小说的。米兰·昆德拉说，小说的精神是复杂性的精神，每一部小说都对读者说：事情并不像你想象的那样简单，这是小说永恒的真理——你的这个角度，做好了的话会很妙。等于全世界的人在说他的不是、不堪，你却独自试图理解他，包括试图理解这种不是与不堪，好！不过要完成它，难度会更巨大。第一，你得试图说服自己，让你相信你所说的是有道理的，尽管作为作家你并不认可这一道理，可你在写作的时候一定要让自己相信；第二，男性的那种心理、欲望和暗藏的某些心态，你得有一个充分的思量和把握，一定得掌握好这个分寸，尽可能地让他的表演到位而逼真……”我飞快地打着字，一连打出了将近十条。我承认，杨婧媛的这一想法超出了我的想象，让我有些兴奋，“这篇小说要是写出来，我觉得发表应当没问题。我们可以一起帮你在设计上把把关，尽可能地让它不留半点疏漏。”

“老师，”丁帅发私信给我，“我觉得那个诗人就是渣男，他不应当得到同情。我觉得婧媛师姐的方向有些偏，在记下这个故事的时候，我就和她谈过，可她还是坚持。你觉得我说得对不对？”然后是一条语音：“我自己也没把握。”

我回给丁帅：“如果当时有‘渣男’这个词，我觉得用在这个诗人身上也是合适的。婧媛说的，也不是要刻意地维护他，我也不太相信婧媛会站在那个诗人的一边——她肯定有她的好恶和判断。只是，在小说写作的时候，你得充分地理解和体谅你小说中的主人公，哪怕他是一个坏人、恶人或无赖，你也必须要了解他的心理并把他的心理充分地刻画出来。记得法国有一个作家说过这样的话，全世界的人都在谴责希特勒，把他看作恶魔，我却要用尽全身解数为他辩护——这个辩护并不意味着作家认同希特勒的做法，相反，他是要逼真、传神，让这个人物立得住，同时让他的行为和想法得到更深的追问。小说的目的不是让我们判断谁是好人谁是坏人，而是让人更清晰地看到那些令人讨厌的、可怕的、自私的行为背后，都是怎样的心理和幽暗在支撑着它，同时让我们也跟着思忖我们自己和这类行为的背后原因。你看，在戏剧中、小说中，有些坏人的塑造的成功，更多的是依赖作家对他的理解——作家可能不认可这种行为，甚至就是因为反感才写下它，但在小说的领域里，他不得不尽心为这个人、这种可恶来做出辩护。恰恰因为这种辩护，才使小说有了更多的生动、丰富，也给了我们更多的启示。脸谱化塑造人物，方便是方便，但真不是一种好选择。你觉得呢？”

“我明白啦！”丁帅回复我，“那我想想，我如果也写一篇这样的小说，我应当怎么写。”

“哈，好像不是如果，而是必须。你要写。你可以按电影的方式来设置这个故事。”

“婧媛说它很有年代感，这个背景是无法移动的——但我想移动它的背景，我就把它放在现在，丽江，正好把一些属于丽江的元素加进去。我设想是一个演艺明星，像我这么帅的明星——师姐他们老说我自恋，我没自恋，就是帅得过分了点而已。我要写那种追星的迷狂和没头脑——老师，这个主题也可以吧？”

当然可以。我说，它抓住的是现象，我觉得你还可以更深入一点，就是，这个女孩为何如此，她想要的是什么，而这种没头脑又是从何而来的，有怎么样的表现能以细节的方式让人记住……经你这样一说，我突然有一个偶发的想法，我想到的是将两个故事合在一起来写。前面的女性是小姨或者姑姑，甚至可以是母亲，只是选择母亲的话有些故事就不太好讲了，但算是备选吧，万一我们能想出好点子来呢。你也知道，我们写作的时候，设计原则有两条，一是故事生动深刻，能吸引人；二是便于作家发挥、施展，这两条还得相互统一……

“是啊，老师，你上课的时候给我们讲过。你说沈从文的《丈夫》的主人公为什么选取的是丈夫而不是妓船上的老鸨、小七或水保，鲁迅的《狂人日记》为什么选取狂人的角度而不是旁观的角度——这些对我启发特别大。”

小姨在她那个年代遇上了诗人，她狂热地、奋不顾身地爱着，是一种飞蛾投火；而在这个年代，年轻的女孩又在一次偶遇或者是充当群众演员的过程中遇到了某位明星，然后又狂热地、奋不顾身地爱着，是另一种飞蛾投火……她们的身上，有一种让人唏嘘的共性，有一种不计后果的幽暗力量，既有盲目，又有单纯的珍贵。二者的故事要有交叉，而且交叉点有多处，这样才能把两个故事合在一起，并完成共同推进。我设想，家人会试图将女孩拉回他们认为的“正常轨道”，而最想将女孩拉回来的则是这个小姨，因为她有经历过的苦和疼，但她也是最理解女孩的那一个……我觉得两种“飞蛾投火”会强化故事的张力，会让故事生出更多的曲折和耐人寻味来。如果你愿意，我也可将这个思路送给你，你试试能不能完成……当然，它的技术考验会更多一些。

“老师，你的这个想法是不错，但我不能抢你的构思。我想的是另一个故事，是我当导演时遇到的故事，它可能没有你讲的这个丰富……我的那个故事里有很强的喜剧元素，我自己想着都想乐！

等我回头把它写出来！”丁帅向我发出个害羞的表情，然后对我说，“这些天我一直在想的其实是另一个故事。我在外出拍片的时候听说的，而不是在故事咖啡馆里听说的——我觉得它更有意思，也更加宏大，历史感也更强。我觉得它更适合写小说，但又觉得小说要是那样写，怕人们不信，觉得是胡编乱造。”

然后，懒惰的丁帅又给我发来一段段的语音。

四

下面是丁帅讲的故事。

一九三六年，一个叫邱大明的青年战士随着国民党军第二十军驻扎在四川宣汉。因为人长得帅气，又识字，正直而健谈，部队上的司务长就为他牵线搭桥，介绍了当地塔河坝炉子村的一个叫李德芳的女孩，很快两个人便成了亲。他们的生活虽然略显贫苦，但也幸福、美满。

幸福美满的生活维持了近五个月，当然，这五个月里，两个人并不是长相厮守，相见的日子必须选在邱大明不当值的时候。五个月后，邱大明接到前方战事吃紧部队需要开拔的命令，军令如山，他甚至来不及告别，来不及通知自己的妻子一声，就奔赴了前线。

淞沪会战。上海沦陷后他又随着部队退到了南京，然后再退……八年的时间里，邱大明一有空闲就会想起自己的妻子和安在宣汉的家，但始终没有机会再回去。战争的残酷不必多说，任何一个在战场上活下来的人都经历过九死一生，邱大明也不例外。终于等到了抗战胜利，邱大明匆匆赶回宣汉，又匆匆地返回了部队：物是人非，没有人知道妻子李德芳的任何消息，包括塔河坝炉子村的人们。那样的战乱年代，生命真的如同草芥，甚至连草芥都不如，所有的这种消失，大家都认定为早已死亡，死亡才是最大概率事件。寻妻未果之后，邱大明再娶，那时他已经是国民党军队的少校。然后是解放战争，国民党军队节节败退，邱大明离开了部队，然而在一九五三年的时候因为原国民党军队少校的身份，他被捕入狱，直到一九七五年才被特赦释放。由于成都老家已无亲人，而宣汉的家也早已人去屋空，于是邱大明在新疆又待了四年，然后返回了重庆。回到重庆后，邱大明在江北三洞桥安下了简陋的家，过着小心翼翼的生活，偶尔会回想一下自己的一生和所有的遇见。他有个邻居，邻居家有个女儿叫李腊枝，平时多有照顾，两家走得也算亲近，所以，他认了李腊枝为自己的干女儿。

一九九七年的某一日，干女儿李腊枝找到邱大明，说为他牵线介绍一个老伴儿——这人叫刘泽华，就在江南住，她的男人死了十几年了，有再找个老来伴儿的想法……邱大明一口拒绝。他觉得自己什么都没有，又有过入狱的经历，而且是一个土埋到脖子的人了，于别人只会是拖累，自己也一个人过惯了，没必要。这事儿就放下了。但没多久，那个刘泽华自己找了过来，她要见见邱大明。当然，此时的邱大明已经不叫邱大明，而是另一个名字。

见到了。刘泽华感觉还算满意。而邱大明还是拒绝，这次他的理由是：我是一个吃低保的人，已经没能力再做更多的活儿。“我养不了你。”刘泽华的回答是：“我还有点积蓄，不用你来养。你就说，行不行吧。”说实话，邱大明内心里一百个愿意，而且对这个刘泽华有种特别的熟悉感——可是，他不敢答应，生活的种种使他变得更为怯懦。然而，刘泽华一再坚持。邱大明也就把自己的愿意说了出来。

两个人决定，领结婚证。这是刘泽华的坚持，而邱大明当然没有意见。领证的前夕，邱大明在聊家常时无意向刘泽华询问：你老家是哪里的啊？刘泽华说，我老家是四川宣汉塔河坝炉子村的。邱大明一听这个地点，立刻激动起来：你，你是宣汉的？塔河坝炉子村的？我认识那里的人，可我记得塔河坝炉子村姓李的多，没听说有姓刘的啊？刘泽华说，我原名叫李德芳，是来到重庆之后改的名。

邱大明真的是心潮澎湃，内心的波澜不断地撞击着堤坝上的巨石。可他还有些忐忑，害怕认错了人：因为这个李德芳已经来重庆数十年，算是个老重庆了，她的口音更像重庆人，已无较少记忆中的痕迹，因为将近六十年的岁月里，沧海桑田，物是人非的例子实在太多太多了。他按捺住激动，再次询问：那，你母亲是不是姓余？是不是爱抽水烟？在得到肯定的回答后，邱大明再也忍不住了。他告诉李德芳，自己就是邱大明，是在一九三六年和李德芳早就结过婚的邱大明，他的名字也是后来改的，在出狱之后改的……李德芳听后失声痛哭。她告诉邱大明，她之所以来重庆，就是记得邱大明的老家在重庆，她想来这里找他，而这一找，就是六十年，一个甲子的时光。她为了找到他，可是吃了太多的苦啦。

那时，邱大明已八十二岁，而李德芳已八十岁。他们又共同生活了十几年的时间。这十几年里，邱大明包揽了家里家外所有的活儿，他觉得自己欠妻子的太多太多。二〇〇九年，李德芳因病去世，二十余天后邱大明也跟着走了……

“老师，我想改写这个故事。大背景有了，时间的长度和爱情有了，故事性也有了，矛盾冲突和迂回也有了。我想把故事的发生地由重庆挪到丽江，你不知道，我越来越喜欢这个地方了，我想先完成我的小说，然后将它改成电影剧本，外景就在丽江拍。老师，你先看看我这些天拍的人像和景色——我承认，这几天我的脑子里就是它，就是它的场景，所以我拍的这部分多少是出于电影的镜头感。我拍的照片越多，内心也就越笃定。

“我在邱大明身份上犹豫。我是把他写成远征军里的一个人，还是解放军中的一个人？我也在是要表现纯粹的情感，还是要加上现在比较流行的谍战元素方面一直犹豫，要不要把邱大明设计成一个脱离了组织无法证明自己身份的地下党？我要把它写成《士兵突击》那样的故事，还是《亮剑》《潜伏》或者《悬崖》那类的故事？我在故事处理上是波澜起伏一点还是诗情画意一点之间犹豫，似乎都能讲得过去——不知道老师有什么好建议？”

五

“我们又有了新故事，一个卖花姑娘的故事。”

“一个女孩讲的，四姐妹遭受一个刑满释放出来的邻居的性骚扰，最后母亲报案，县城里闹得沸沸扬扬——虽然那个人得到了惩罚，这个阴影却一直笼罩整个家庭。大姐、三姐先后离家到了另外的城市，而她也为了告别阴影，来到了丽江。只有老实木讷的二姐待在父母身边，直到去年才嫁给了一个没有孩子的鳏夫。她说，她一直在有意无意地遗忘那些事儿，但时不时就会突然地想起，一想起就像吃到苍蝇一般的恶心。她觉得我们女孩应当更理解她。”

“爱情故事。我们听到的爱情故事总那么忧伤。”

“他给我展示了一封信。确切地说，是一份准备上战场的指挥官写给妻子的遗书。我拍了照片。他讲的这个故事是……”

“太感人了！让我静静，我一时缓不过来——我已经开始整理，傍晚的时候就传上来。”

……没想到，故事咖啡馆“留下自己的故事”的项目竟然有那么多人参与，我原以为它不会得到多少呼应，我原以为没有多少人愿意把自己的、亲人的故事讲给陌生人听，即使这个讲述能换得一杯精心准备的现磨咖啡——这个“留下自己的故事”的项目将是故事咖啡馆菜单上的一段阑尾，可有可无地留在那里。出乎我的意料，它竟然比我想象的要“兴隆”很多，有些外地的游客竟然因偶然听到“故事咖啡馆”里的这个项目而专程来到这里，讲述自己的故事。

胡月给我留言：“老师，我的新小说写完了。我是将四个故事放在一起来写的，有四个讲述者，而且把背景挪到了古代，时间和地点都是模糊的。我的开头是这样的——从前，一支疲乏的队伍走进一片寒冷的密林之中，前面传来不幸的消息：高高的雪山发生了雪崩，堵塞了向前的道路，而这时又下起了雪。他们走过破旧的吊桥，在一家旅店昏暗的院落里跳下马。默不作声的马倌们接过了缰绳。他们走进去，发现这家旅店里已经住满了受阻的人，男人和女人、老人和孩子，甚至有他们追踪的仇敌。那样一个时刻是不适合使用刀枪的，于是他们一起坐下来，在火炉的温暖中和弥漫着的茶香里打发昏昏沉沉的大把时间。这样的冬日实在太无聊了，而且貌似相安无事的仇敌们也一直绷紧了随时准备战斗的弦……我拿不准的是，它是不是有些太像伊塔洛·卡尔维诺的《命运交叉的城堡》？杨婧媛说不能这样写，它会让人感觉你是在抄袭。其实我的设计和卡尔维诺的设计很是不同，我写的是，这家旅店只有在大雪阻路的时候才会出现，它为避雪的旅行者提供食物和住宿，让他们不至于在寒冷中遭遇不测。在被阻挡在这家旅店的时间里，这支疲乏的队伍最终与他们的仇敌达成了和解，冰释前嫌，甚至成了关系不错的朋友，离开旅店的时候甚至产生了惺惺相惜的感情……但他们回到各自的营地、各自的部族，那种仇恨感却又回到了他们的身体里，新一波的阴谋和杀戮又开始了。五年之后。又一支疲乏的队伍走进一片寒冷的密林之中，前面传来不幸的消息……”

后面又会发生什么？

“老师，我写的是，他们又不得不坐下来，一起拥着挤向火炉的方向。身体的相互摩擦让他们再一次冰释前嫌。这样行吗？”

可以，当然可以。它变成一种循环，其实包含了意味深长的象征性。你所设计的“可消失的旅店”也包含了微妙的象征性，只是我不知道你现在有没有把这个象征性用足，它不应当是那种即插即用的灵光一闪，而应当用足它——榨干它的价值，并榨干它的剩余价值，这也是我一直向你们强调的。对这个小说的后面部分，我还有一个刚刚想到的设计，供你参考——当这支已经更换过不少人的疲乏的队伍来到旅店，他们发现在旅店里躲避风雪的人群中依然有要追杀的仇敌，而且，已经在火炉的旁边早早地伸出了他们的手。参与过前一次的追捕并与自己的仇敌交换过礼物的一位老兵暗下决心，他决定冒险，不再顾忌旅店里的禁令而悄悄地掏出了匕首。故事在这里结束。我觉得在这里，它就出现了另一种可能，使得故事有更多的丰富性，它同样具备寓意。只让一个“破坏者”出现就已足够。我最初想到的是他们在进入旅店之前就商量好，准备好刀子。刚才在给你打字的过程中，我觉得只有一个“破坏者”就足够了，更合适一些……

“老师，我能说……我还是想坚持我的那个想法吗？我设计的循环更符合我想要说的部分，你的好是好，但不是我要说的。在一个极端的情境下，有时人可以和自己的仇敌相濡以沫，但一旦离开了那样的环境，会立即变得不可能，甚至只有你死我活。老师，你说我的坚持对吗？”

对对对，当然对。我刚才说的，也只是一种可能，小说往往会在设计的过程中出现太多太多的可能，有些可能是作家可控的，而有些甚至是作家都不可控的，出乎他意料的。我同意你的坚持。就我个人而言，我也会在写作的过程中反复地为自己的设计提供新的可能，一二三或一二三四，然后找出其中最有效的、最有表现力和自我表达的那一个，把它固定成唯一的叙述线。小说，总体上得一直不断地掂对，不断试错，然后从中选择你最为喜欢的那一个。

“那，老师，我的这个设计算不算抄袭呢？要不，我把‘他们走过破旧的吊桥，在一家旅店昏暗的院落里跳下马。默不作声的马倌们接过了缰绳’这些话去掉？这些是在杨婧媛提醒我之后，我又从卡尔维诺的《命运交叉的城堡》中找出来加上去的。杨婧媛说我是变本加厉、欲盖弥彰——她的那张嘴啊，太伤人啦，我决定从今天开始只磨美式咖啡给她喝，不给她放半块糖。”

我说不能算是抄袭，这种方法其实我也常用，在后现代的写作方式中它属于“互文”，即从前人、前辈作家的经典文本里选择一个支点，多数是不太重要的支点，然后在你的新文本里获得丰富和延展，甚至有意识地与原文本的“阐述”构成对抗和反驳——这已经是一种普遍被接受的、司空见惯的艺术手法了。如果你不能与原文本的“阐述”构成对抗和反驳，而是顺着原有的部分继续推进，它很可能会显得意思不大，但也不能算是抄袭……

杨婧媛给我留言：“我一直在想第一个故事，原来我设想的那个主题被我否掉了——我觉得自己其实在重复一种俗套，虽然它是现实之一种，也符合普通读者的普遍理解。也正因它是普遍理解，我为什么要用故事的方式再讲一次大家已经熟悉的、理解的所谓道理？我想另辟蹊径，但我也不想写胡月那种太过天马行空的故事——我知道老师你喜欢那类。但按我的性格和趣味，我还愿意让它变成现实故事。老师，我一直认为现实故事引发的触动是别的类型的故事无法达到的，它更能让人身临其境、感同身受。在课堂上咱们曾有过争执，你有你的道理，但没有真正地说服我。好在，你从来不会把你的观点强加给我们，你说你只是提供可能，至于对错和取舍，都交给我们自己完成……返回到第一个故事。我最近查找资料，发现‘玉龙第三国’的传说在当地还是比较盛行，尽管现在大家都已不信，只是当一个古老的传说在流传。我在查找资料的过程中发现，之前殉情的男女中，女性往往坚毅，而男人则有时会动摇，被救回来的、背弃誓约的往往是男人。于是，我想从男人的角度写‘男人的怯懦’，写男人在那种极端的境遇下的选择——在写到一半儿的时候，发现哪儿哪儿都不对，它也不是特别值得写的。于是，我又一次停了下来。然后重新回想那天那个男人在咖啡馆里的讲述，重新去听手机里的录音，我觉得我可能是先入为主了。他一谈到‘玉龙第三国’就引起了我的怀疑，以至于他讲的所有东西，我都悄悄暗示自己‘是假的’‘他在撒谎’，在主观上已经判定他就是一个说谎者，就是一个左躲右闪和不断自我美化的骗子，他也就越来越像骗子了。在听录音的时候，我重点听了他的语气和重音，这一次我发现他其实是真诚的，故事中可能有不真实的部分，但情绪、情感是真实的……这样，我就做了再一次的调整。老师你也说过，小说的写作应当不断地在我们是什么和我们想成为什么之间、在我们有什么和我们希望有什么之间开出一条深渊，并在这条深渊上建立想象的桥梁——在我写下的这个故事中，我可能用一种现实的、故事的方式，说出的是我们希望有什么。老师能不能抽时间帮我看一下？”

很快，时间完全行进于不知不觉中，雪山路上的“故事咖啡馆”已经营业了将近一年。胡月和杨婧媛向我发出邀请，让我在周年庆的时候务必到场，作为“留下自己的故事”的项目的特别嘉宾，我也务必要讲述一下“自己的故事”，不能虚构——我想了想，还是答应了下来。我准备选择“局部”，当然这个准备不会事先告诉他们。在这一年里，我也发现了他们写作上各自的不同：胡月喜欢幻想型的、有些魔幻色彩的那类写作，她会把她的故事尽可能地纳入魔幻和神话的范畴中，譬如她写下的《遐尔的历险》《蚂蚁部队》《地理课》。《地理课》由三部分组成，分别是三个故事，故事的发生地分别是日本、哥伦比亚和印度，而且在讲述的时候，发生在日本的故事使用的是芥川龙之介式的语言，发生在哥伦比亚的故事使用的是马尔克斯式的语言，发生在印度的故事则取于奈保尔和泰戈尔之间，贯起故事的线便是地理课的老师和作为学生的“我”——她竟然将在“故事咖啡馆”里听来的故事改头换面，分别变成了具有异域感的崭新故事。她脑袋里的怪东西也确实多。我对她的提醒时常是：落实。你可以让这个人飞翔起来，可以让他变成龙或者鲤鱼，但一旦这一设计固定下来，你就要将这个想象需要的所有条件一一落实，把所有的可能早早地想到，弥补一切可能出现的漏洞。记住弗拉基米尔·纳博科夫从经验中得来的忠告吧，他说你可以想象一个真实，但一定要接受它的必然后果。如果你设计了这个人可以飞，那好，其他人不可飞的条件你要想好，这个人的飞翔所带来的优势和劣势也都要想好。一旦进入故事中，你就得强化你的说服力，你得让我相信你的弄虚作假是合理的、自洽的。

杨婧媛有着非常缜密的思维，极善于从故事背后发现哲理和隐藏的深刻，而且习惯不停地调整角度，从不同的角度去观看同一事物，任何一个平常的事件，她都能上升到理性和观念的层面——但将理性观念重新变成生活故事讲述出来的能力略弱。对于她，我所强调的往往是：小说需要表达智慧，需要对人生有意义，但这智慧和意义往往不依赖板着面孔的说教，而是通过寓言化的故事传达出来，这一转圜会使其中的思想和智慧更便于读者理解、接受，更容易说服我们。小说呈现的应是思想的表情而不是思想本身。无论你要讲述的“道理”多深刻，多有意义和启示性，一旦用寓言的方式来完成，它就必须首先建立一个有说服力、吸引力的“故事”，要通过这个故事说出——你想，你要让这个人承担这部分思想，那，能不能给他一个形象上的特别设计，让我们一下子就记住他？你可以坚持你的“现实主义”观点，这没有任何的问题，但你也一定要清楚，在现实主义小说中的某些很逼真的现实场景、细节和情境都是“虚构”的——我在课上也曾给你们讲过，在写作《包法利夫人》的州农业展览会一节时，福楼拜于一封信中写道：今天晚上我为描写州农展会的盛况拟定了一个提纲。这段文字篇幅很长——要写三十页稿纸。这就是我的意图。在写这乡村场面的同时（小说里所有的主要的配角都将出场、发言、行动），将在细节之间插入，或在前台下面描写一位妇人和一位绅士之间连续的谈话，那先生正在向妇人献殷勤呢。另外，还要在州行政委员的一段庄严的演讲当中和末尾插进即将写出的一段文字……之后，福楼拜在另一封信中重提这段书写：真难啊……相当棘手的一章。把所有人摆进了这一章，他们在行动和对话中相互交往，发生各种联系……还要写出这些人物活动于其中的大环境。如果预期的目的达到了，这一章将产生交响乐般的效果……这一拥有三十页稿纸的场景，福楼拜在完成了它的提纲之后写了三个月之久，他时时都在掂量、移动、重新安置，以便使它符合并能够匹配自己的艺术雄心。在阅读《包法利夫人》这一章节时，我们会感觉它太像真实了，人物的各种表演、州行政委员发言中的不当用词、官话的陈腐和情话的陈腐……它让我们身临其境，感觉我们是在场的旁观者。然而，我们读到福楼拜的这两封信，则会意识到：这个场景、这些人物、这些对话和演讲，都是无中生出的有，是作家虚构的产物。你现在要打破的是从现实中提炼现实场景的那个桎梏……

丁帅，他一直试图让小说向影视的方向靠拢，他希望自己写下的故事有足够的迂回，有足够的矛盾冲突和迭起的高潮，他总是试图在自己写下的故事中加入吸引人的流行元素，总是希望故事波澜的起伏和环扣带给阅读者一种紧张感——我给予他的建议则往往是：你在第二节，塞给主人公的那个道具——那把扇子是做什么用的？为什么要使用它？现在，你要给我两到三个理由……好，这个道具既然你觉得有用，而且具有特别之处，那第三节和第五节，能不能再补一下“扇子”的戏份？不不不，第五节，不要一上来就提这把扇子，忽略它，让他的对手去提，因为第二节的时候他已经看到了。他要装作无意。你不是要呈现道具的这项功能吗？好，在这里是不是可以这样……丁帅啊，我们再想一想你给主人公 B 的性格设定的核心词，他勇敢、固执，多少有些油嘴滑舌。好。在这一节，他的这个转向是不是与固执不相符了？他转得太快，缺少合理性。好，你一定要他转，那就在他转变之前加戏，把他的固执呈现出来，且让这个转变合理，甚至成为固执的一部分……若不这样设计，这个 B 和前面的那个 B 似乎就不是一个人了，等于把人物写“走”了。在设计故事的时候，一定要反复地想，反复地想。“只能有读者想不到，不能有作者想不到”，这是我们写作的基础原则，别急着原谅自己……

在近一年的时间里，我们群里的陈露几乎就没说过什么话，她从不参与我们的讨论，即使有时丁帅偶尔招呼她。她不说话。杨婧媛在私信中对我说，她很忙，也一直没有从离婚的阴影中走出，如果老师来丽江，他们肯定是要把她拉出来的，到时候，“你也劝劝她，给她些鼓励。我觉得这样下去，她会把自己埋没掉的。”

我说好。我要去。我只教过陈露一个学期，我到他们学校任教的时候，她已经研三。我记住她，是因为她是他们班上第一个追着我谈论卡尔维诺的人，也是在谈论卡尔维诺的时候眼睛里全是光的人。然而在毕业之后她便音信全无，直到胡月他们几个在丽江的雪山路上开了这家故事咖啡馆。去看看她也成为我要在“故事咖啡馆”开业一周年前往丽江的缘由之一。

就在我准备成行的前一天，我突然发现，“故事五人组”的群里只剩下了四个人，陈露不知道在什么时候退出了。

“老师，你在吗？”丁帅在群里与我打招呼，“老师，二位师姐，我要和你们讲一讲陈露师姐的故事，是她自己讲的。为了跟我讲她的事儿，她，把我叫到了另一家咖啡馆……”

小说家客栈

宁　肯

我要讲的故事不是我的全部，多半会引起误会，但我也不想解释。离婚以后我在四方街开了一家独一无二的客栈，之所以这样说是因为我有一个古怪的祖父。客栈并不在人声鼎沸、四面环水的街面，而是在东南一个挤满游人犹如蜂巢的月亮桥下一条立即静下来的小巷里。小巷上坡，对着街心的部分很短，有若干红灯笼，沿着湿漉漉的有点硌脚的石钉路上行走，走到尽头总不免最后回望一下，那儿就像火焰一样没有夜，永远燃烧，永远灯红酒绿摇摇晃晃。我与那儿有关，但不是直接相关。小巷拐过弯，一切静下来，我的客栈在拐过弯的第三个院子，隐隐还可以听见那儿的潮声，就像心潮，关上窗子或者门，仿佛一切都消失了，要过一会儿，自己才会在黑暗中慢慢浮现出来。

客栈分为前后院，客房处是个带回廊的二层小楼，在前院，不过七八间客房，没有豪华间、套间、多人间，都是单人间，大床，干净、简约，一只布农铃、一张东巴画、一块木雕、一张黑胶唱片以及电唱机。这当然不是客房必需，但我不是按客人要求而是按照自己喜好布置的，我希望每间客房都像我的房间。后院是私人空间，不接待客人，有个总是上锁的月亮门将前后院分开，当然前台也有门可进入。要是把后院也经营起来，客房可增加一倍，但我不想这样，我想给自己和爷爷留出足够的生活空间。也不能说完全是私人空间，还有别的考虑。三年前我把北京的房卖了，那套房与前夫没任何关系，是我婚前的房子。房子卖了后，我在这里做了绰绰有余的置换，没有经济压力，与其说我是在经营客栈，不如说是在经营生活梦。我觉得生活就是梦，如果像我这样的人都不敢尝试，这世界就真是无聊透了，呵呵，我要纠正一下，我没有权利说世界，是我太无聊了。

我离婚很简单，就是把前夫赶走了，干脆利落。房子是我的，我们也没多少共同财产，所有的东西他愿拿走都拿走，没地方放卖到旧货市场去也行，我一样都不要，留下搬空的房子，走人即可。我们结婚不过一年，原只想半年，他没什么过错，我也没有，问题就在这里，我们各方面都好得太无聊了，好得完全不是我们自己。一定意义上他比我还好一点，他的学历还比我高一级，是博士。当然了，表面上问题出在我这里，但婚前他就清楚我的想法，这也不能怨我。我不想多谈开客栈以前的我，简单地说，直到婚前我都是另外一个人，一个标准的人，都硕士、博士了还不标准？结了婚下一步就是孩子，多标准，每一步都是正确的浑蛋逻辑。是的，我离了，谁要是骂我烧包谁就滚开，离我远点，是，我从小到大没受过一点苦但也可以说受了大苦，我一直被摆布，什么都听大人的，但我又是记仇的。听别人的也好，小学中学高中大学研究生一直到出版社一线编辑，还有最后一关嫁人，不然我就是一个失败者、一个剩女，这也太荒谬了。我无所谓，关键我爸妈绝不容忍我成为剩女，到头来弄不好就得找个二手男人，让他们脸上无光——他们没这样说，说的全是为我好，但我知道，而且我从小到大就知道。问题是这么多年吃了这么多苦，也这么优秀，怎么突然就成了“剩菜剩饭”？有没有剩男？男的还讲不讲道理？就是在这事上我和我妈怼上了，老子就是不想恋爱，就是不想结婚，当我听说世界上有厌女症时，我更是怒发冲冠，怎么没有厌男症，老子就是厌男症！这么多年的寒窗应试，品学兼优，老子就从来没看上过哪个男的。但我这人就是这样，心理上有多英勇行动上就有多软弱，有多反叛就有多听话，可以说经久不息。我受不了活着活着就失败了，这点我和我妈的感受一样，我恨她，和她作对，实际是跟自己作对。嫁人还不容易?！凭我这长相、硕士学历、编辑工作经验，还有房，找什么样的不行？据说女博士反倒没人要，女硕士最佳。我妈的最低标准就博士，要找到什么“二代”博士那就再好不过。我找了个倒霉博士，当然是跟我倒霉了，但我有言在先，明确告诉博士我们的“刑期”是一年。我把结婚称为“判刑”，博士认为是玩笑，的确，这听起来像是玩笑。博士说就算我真这么想他也会征服我，这就不赖我。我结了婚，嫁了人，没毛病了吧？我问自己。博士滚蛋了，细的我就不说了，反正最后博士认为他占了我的便宜，真是垃圾，当然我也是垃圾，为了从良我什么都做得出来，不过博士那样说我倒也安心了。

一个结过婚的女人和一个大龄女青年不一样，可以说完全自由了，再没有任何枷锁，不是没嫁过，嫁过，离了，无债一身轻，再不欠世界什么。离婚不久我连编辑工作一起辞了，一切都蓄谋已久，我就是这么记仇的：一切我都屈服了，一切我也会找回。相比为我结婚操碎了心，我妈对我离婚冷漠得多，她对离婚的理解比结婚要深刻得多，倒是对我辞职和卖房子去丽江创业愤怒至极，简直跟我拼了老命，死攥着房本不放。这也难不倒我，法律上这房子是我的，在我标准化的一生中，父亲母亲做得最对的一件事就是拆迁时将三套楼房中的一套落了我的名字，作为结婚用房，也免了将来多交房产税甚至遗产税什么的。这方面我妈门儿清，她本来就是会计，却怎么也没算计到我当时——落我名字那一刻——心头的闪电，几乎就在那一刻，未来的今天就已经朦胧地诞生。我是决绝的、记仇的，我用身份证将房子的全部资料挂失，重新办理手续，把房子卖了。我妈跟我断绝了关系，还有我爸。我爸从来就听我妈的，妇唱夫随，谁知道真的假的。就这样，我知道我妈和我爸一度还要离婚。我压抑得太久了，所有的雪山其实都是火山，也因此，我喜欢四方街那火。我当然知道离远一点才是火而不是虚无，这就是我当时来丽江的心境。

丽江穿城而过，以水为轴，开出东河、西河，又生出如缕如线的渠，穿街绕巷将水系中蜂巢般的纳西古民居串联起来，家家都有水，日常的桥比比皆是，随时可蹲下看水。不管到哪儿，见到水我都像见到镜子一样，会出一会儿神，这就如同我喜欢陌生人一样，陌生人也如镜子。开客栈的好处就是每天都能见到陌生人，陌生让我感到无比自如。除了八间客房，客栈事实上还是一个书店。书店、咖啡厅、前台、纳西古乐、风雨剥烛的褐色门板、变形的石级、原木几案、书籍、一动不动的阳光，以及阳光构成的明快节奏，都体现着一个让人安静下来的古老又现代的世界。与咖啡馆连通的书架多陈列经典与文化前沿书册，如介绍最新的音乐、电影，很多是曾获诺贝尔奖和布克奖的作品。但这些同时也是衬托，因为一个我认识的古怪的小说家的作品占了最大的一面墙，这且不说，更主要的是书墙中央一个多媒体屏幕一直在播放这个小说家的影像，而且是实时的。如果说书店还不算独一无二，这个黑白的类似监控的屏幕绝对独一无二。虽然美术馆或画廊常有多媒体艺术，人与屏幕共同成为作品，但一来书店没有过，二来客栈更不是这样。我不是艺术家，我只是个文学硕士，我与艺术无关，但你要认为这是我，我也不反对。有人形容我是那种喜欢男装的女人我觉得纯属扯淡，虽然我的打扮看上去的确有点模糊。

客栈与其说像我预料的那样，不如说像我希望的那样，平平常常安安静静不温不火，赚不了什么大钱，也不像父母担心的，连人带房都赔进去。他们的担心有道理，但他们在我这儿一辈子都有道理，一想到这儿，我觉得断绝了也好。他们有敌意，我没有，内心坦然，依然爱他们。陌生的房客维持在每天十个左右，至于坐下来喝杯咖啡的路人虽然不多，但也总有，丽江最大的特点是没有淡季，只有旺季和爆满。爆满我会限流。我希望客栈保持着类似画廊或图书馆的那种安静的流动状态：客人阅读，拿着笔记本写点什么，进来或者离开，一切都被安静调子制约，即使两三个人一起也会把聊着什么的声音降低下来，在书册或多媒体前指指点点、交头接耳。路人多半事前知道一点，就像知道某个展览、电影院、美术馆，一进来便直奔书册中的多媒体。

多媒体为黑白和彩色两部分，彩色是一个循环播放的纪录短片，介绍黑白部分的小说家，黑白对比强烈，有三个画面，就像小区或商厦或街头的监控，可以见到小说家的写作与活动空间。狮子老虎平时不易见，小说家也是这样。短片与监控并置，由于前者制作的是 MTV，影像里的两个人既是一个人也不全是，统一而分裂，有完全一致的地方，比如咄咄逼人的仿佛山洞里的眼睛，死角的嘴角，满脸几乎都是直线的皱纹，满头纷乱的仿佛刮着风的白发，以及安静的白眉。在监控里白发越发像雪，简直耀眼，我用的的确就是小区安保那套系统，不是特清楚。对比 MTV 的高清彩屏以及或笔挺或休闲的衣着，日常或监控中的人永远穿一件斑纹睡袍以及拖鞋，袍子加上小而锐利的目光特别契合一个成语：虎视眈眈……但确切地说更像豹子。虎是成功者，豹子不是，祖父是个失败的小说家，从来没有虎性，只有阴郁、怪诞、孤独、豹视眈眈……多年足不出户，没有朋友，不参加任何活动，没得过任何文学奖，不是中国作协会员。发表过一部烧脑但因触及了某种敏感神经产生神秘影响的作品后，别的作品再未产生影响，并且越来越烧脑，好像故意和读者过不去，好像被什么控制了一直为火星写作。他的书虽还在断断续续出版，但也只在极少数读者视线内，压库严重。几年前出版了一套十卷本文集，除了图书馆进了一些，大部分压在祖父的书房，码得到处都是，局部简直像长城，像胡同。祖父完全置身在自己的书中，多年来他自己的书早已远多于藏书，不是自恋，是他必须承担的代价。幸亏他没有朋友，要是让外人知道他生活在自己的书中，该是怎样的可笑，但他自己安之若素，好像这没什么不正常。

当然，短片也披露了他的作品在国外翻译的情况，暗示了某种墙里开花墙外香的效果，给人他在国外多么受重视的印象（当然并非如此，但片子必须这么做，我没大肆夸张已经很有底线）。前几年我陪祖父去了一次美国，哥伦比亚大学出版社出版了祖父的《灰衣人》(“衣人”系列小说之一)。《灰衣人》在国内毫无影响，大部分书堆在祖父书房里。哥伦比亚大学邀请祖父做了一个“超幻时代的写作”讲演，短片里祖父非常奇怪的西装革履的样子与山洞里豹子般的目光颇不谐调。不过倒也符合祖父令人费解的小说的特征，祖父的“衣人”小说有科幻元素，但不是科幻小说，按美国人、西班牙人与荷兰人拗口的说法，《灰衣人》《黑衣人》“表现了人与周围世界的密度与延续性，以及拓扑学结构的褶皱，越渡显示出的缺陷和片断性，挑战了虚构和想象的界限”。仿佛祖父的书不是给中国人看的，是给外国人看的，至少不是给现在的中国人看的。祖母其实还在世，只是二十年前就去了美国，和我的两个叔叔住一起，再没回过国。她带大四个孙子，如果不是在异国，她认为自己不是自杀也会离家出走，走到祖父描述的“令人憎恶”的世界中。哥伦比亚大学的讲演是祖父唯一的一次出国经历，讲演之后我陪祖父分别去了两个在不同的州的叔叔家，祖母都错开了我们，我们每家只待了一天就飞回了中国，回到北京他的书房，平时总穿睡袍的老巢。

我把他的老巢原样搬到了丽江。在月亮门相隔的幽静的后院，他可以披着花斑睡袍和一身阳光溜达，仰在躺椅上伸个懒腰，打几个哈欠，然后回屋。我在楼下给他辟了三间连通的房子，一个书房，一个起居室还是书房，一个卧室还是书房，像在北京居所一样，所有房间都有书，事实上也都是书房。同样，更多的也是他自己的书，加上我从出版社库房低价清仓出来的积压了几十年的书，我没数，没有十万册也有八万册。当然，更多放在了库房。与北京稍不同的是，书摆放得整齐有序一点，不过为了保持原状，还是在地上桌子上几案上窗台上摞了不少，另外将他的书与藏收做了一定的区块划分，以前他的书凌乱得将藏书围得水泄不通。三间连通的书房某种意义上也是书吧，只是这儿是个人世界，前院是公共世界，他看不见外面世界，大千世界却可以看见他，我的客人多来自网上，个人世界，特别是极端的个人世界，具有观赏性，甚至可以直播。

小时，我是他唯一照顾过的孙辈，接送上下学，虽然不远但也要走两条马路，但后来事实上我照顾他更多，上学后我就开始照顾他，他不要保姆也不要我的父母照料，他只允许我出现在他的生活，甚至我结婚那一年更多时间都属于他。他已经不变了，就像时光一样。他写过《黑衣人》《蓝衣人》《灰衣人》，这些年一直在写一部《无衣人》多卷体长篇小说，已经写了四部，他称这是一部一直要写到坟墓的小说，《无衣人》是他的坟墓。在一个暴雨如注的早晨，我告诉他丽江的计划。他根本没注意到大雨，也没注意到雷声，闪电在他眼睛里，而他仍在另一个世界写作，花斑的眼睛有点科幻。

你要给我迁坟？

那儿有山有水，风水很好。

跟他对话非常困难，因为他总像在另一世界，在他写的东西里，以至他说什么我只能回什么。另外，我要把你的书卖掉。

干吗卖掉？

我需要钱。

事实当然并非如此，只能这样回。我保证他的生活跟过去完全一样，连书房都一模一样，实际是废话。一句“迂坟”他非常明白。您也是一本书，是一本活着的书，可以被观看。我不知他听明白没有，反正该说的我都说了。我当时以为他不明白，后来发现他一切都明白。

多媒体的黑白屏像素低，远赶不上美术展上的那种，但也因此更加逼真，人们无论是在网上的直播间还是在与咖啡厅连通的书吧，都可窥到一个怪诞小说家的生活。每日凌晨，屏幕上都可以实时看到“出洞”，这位曾在美国哥伦比亚大学讲演的小说家从卧室出来，卧室门打开之际，镜头即可看到卧室里面。卧室没装探头，如果是百分之百的“作品”或“文本”就该装，包括卫生间都该装，符合人类学意义上的真实，应全覆盖无死角。况且《无衣人》以及祖父的整个“衣人”系列都有大量的窥视的长镜头，机械制图般精确描写的世界，不从窥视角度理解领会是很难读懂他的小说的。但尽管我在践行他的小说，或者说翻译他的小说，我最后还是妥协了，不如他的小说彻底。另外我还有一种顾虑，读者、粉丝或网友愿意看到一个老年人干瘪衰朽的身体吗？我们还不习惯人类学意义上的真实，还不骂死我？

每一天和前一天一样，经过死亡般的睡眠，祖父神色凝重，仿佛一分钟都没睡着。到了起居室，颤颤巍巍地开灯，匆匆地三步并作两步地奔向书房，推开门，同样颤颤巍巍地伸手拉开灯——新来的房客往往有人二十四小时守在屏幕边，或者深夜两点起来端着一杯咖啡候着屏幕，随着起居室书房的灯亮起，书吧的两个监控屏也亮起来，人们有点惊讶祖父像孩子似的奔跑，待看到祖父看着摊得满桌子的手稿一下轻松起来的表情，虽然理解了刚才的惊慌，但轻松也几乎是孩子式的，便有些不解。到了祖父这年纪，睡觉的确就像死亡一样，而确认自己没死还活着的最重要的东西，便是他写下的和正在写的手稿。

他像重新活过来，稀疏的白发乱糟糟的，但因为扎着小辫，有种独属于他的幽默味道，仿佛身上还有什么存在。他回到起居室，进了卫生间，习惯地关上门，马桶水声响后，打开门，一切从从容容。洗脸，刷牙，拢一拢稀而长的白发，重新扎好。沏上红茶，加奶，面包奶酪，边吃边打开586电脑浏览网页。给他买新电脑他不用，就用二十世纪的。外面的天色依然黑着，什么也看不见，早餐毕，开始面对一个长案做操，一套叫“三浴功”的操，从头到脚自我按摩，很古老，一如长案上的碑帖。案上铺着白毡垫，有些许墨渍，笔墨纸砚一应俱全，碑帖拓片、大篆小篆，构成一种春秋战国乃至殷商时代的氛围。祖父本是新文化“德先生”“赛先生”特别是鲁迅先生的信徒，藏书绝大部分是汉译名著，唯书道碑帖比比皆是。祖父一直临碑，《爨龙颜碑》临了四十年，《张迁碑》临了五十年，《张猛龙碑》临了六十年，这是他最喜欢的三块碑。祖父认为从古碑中所得远远胜于从古书中所得，古碑是泥古不化的典范，他不认为自己是中国作家，同时又认为自己是最中国的作家，但更多时候认为自己不是作家。

临完碑，带着一脸古老的时间开始写作，像日晷一样非常准时，派克笔、圆珠笔、蘸水笔、铅笔，红墨水、蓝墨水又是另一世界，五百字长幅宽边稿纸摊在写字台中央，书架上方一摞一摞的稿纸就和起居室的宣纸一样整整齐齐，而写下的手稿堆得到处都是，不亚于到处都是书。大部分是《无衣人》近十年来的手稿，不用电脑，苹果手机已给他买过十一代，都放在抽屉里。北京的黑色座机搬到这里。他还是习惯座机，黑色拨号座机，特别是十个圆孔，在黑白的监控屏看上去有点老电影的味道。他写作时内心的思绪反映到他的脸上，那种像演员一样的细微的千变万化使他几乎不像个老人，有时手舞足蹈，“啪”把笔往桌上一放，站起身踱步，在书丛中就像在丛林中；有时踱到起居室，临几笔大篆小篆，在《萝轩变古笺谱》上勾几笔山石花鸟，简到枯，有八大山人之风。午后坐藤椅上阅读，在书边上作札记，睡得很早，晚上通常八点左右就去了卧室，即空屏之时，书吧、咖啡厅虽然已经非常寂静，但仍像电影散场一样，新的房客或游客纷纷起立，三五人或七八人，交头接耳，慨叹，垂询服务生有关书、字的事宜。

祖父的书卖得不错，但真正卖得好还是自 B 在网上成立了以祖父的名字命名的“书友会”之后，买书赠字模式由线下发展到线上，线上线下富有创新的互动让祖父的书和字迅速传播。祖父的书与字堪称双绝，祖父本身亦是前所未有的“人类学”意义上的“作品”，事实上是“三绝”。于书而言这当然不是很纯粹，但我才不管纯粹不纯粹，说实在的，我够纯粹的了，经营祖父这样烧脑的脾气又臭又硬的文化人物还不够纯粹？在丽江经营极致的文化，老天，我得表扬自己是吧？

B 是祖父的助手，一个在读文学博士，他将粉丝整合成立了书友会，相当于将“乌合之众”整成一支能战斗的军队。我在微博、豆瓣、微信公众号、抖音、知乎的“小说家客栈”平台发布了薪酬不菲的招聘信息（希望招到好的但也没多想）。结果 B 在众多应聘者中脱颖而出。书吧每天都能卖出一两套祖父的文集、若干本签名旧版书，我已经很知足，遂决定给祖父找一个文学助手，未考虑到“书友会”这种整合性构想。我原设定的助手的主要任务：一是电脑录入祖父的《无衣人》手稿，那手稿太珍贵了，都是硬笔书法，再不能交给出版社了；二是与祖父做一个长篇文学对话，将祖父的一生、文学观点、作品解读熔于一炉，就像《歌德谈话录》那样。第二个更为重要，招聘启事强调了读过祖父作品的优先。B脱颖而出倒不在于表示只做一个志愿者、不要任何薪酬，而是在于B正在作的博士论文主题就是祖父，并表示其导师对祖父的作品亦不陌生，赞赏不已。B称自己是祖父作品的老读者，读祖父已有十几年。我看了下B提供的豆瓣信息，所言倒是不虚，也别说，祖父在边边角角还是有些读者的。

我开客栈的另一个想法是以祖父的名义收集陌生人的故事，编辑“小说家客栈”文丛《陌生人故事集》。我在出版社工作过，知道这是个好创意，是别人办不到只有我能办到的，因为陌生人就是我的生活。《陌生人故事集》的主角都是我的房客，包括员工。最大特点是以日志的形式，陌生、真实，不知道第二天会来什么人，带来什么样的故事，三年下来做了四本，因为和线上平台连在一起，看了书可以听声见人，有人在平台上一夜成名，有人来客栈就是专门提供故事的。比如这天，一对蜜月旅行的新人把他们旅行的第一站放在了小说家客栈，他们带来自己的恋爱故事。我忙不过来，让B先听一下，筛一下，判断一下是否有故事价值，说白了就是是否值得收购—— 一个好故事可免三天住宿，这是很吸引人的。人们带着复杂有趣的心情前来，故事被收下当然很高兴，没收下也很开心。每个人都有故事，但我们的生活的确太相似了，别说收购，值得一听的都不多。B 的判断非常准，三言两语，一两个单刀直入的问题即可判断出是否有价值可以听下去，这个环节我后来干脆就交给了 B。B 像架机器，验故事机，我做不到三言两语就做出判断，B 抽象的样子、腔调、言简意赅的打断——好了，你们讲得很好，可以到此为止了，祝你们旅行愉快——都适合做这件事。

B 瘦，脸色苍白，但看上去并不弱，很硬朗的单眼皮，加上鼻子、唇的线条都很清晰有骨感，天然就给人以镇静剂的效果。三十多岁，独身——这是当初唯一不想聘他的理由，说不清为什么。见 B 的第一面，我就觉得他像祖父烧脑的作品，他发来的照片很一般，真人却很立体，因为立体，多少减弱了平面照片上直不棱登的目光。不过也正是这糟糕的照片使他过了关。我坚持给他薪金，不要都不行，什么志愿者，开玩笑，就算不是阴谋也该给他。不仅如此，每次做超出他职责的事情，我还给他加薪，书友会如此成功，我给他加了一半薪，加薪的感觉特别好，只有老板才能给别人加薪。我不欠他的。有时我觉得我想得太多了，因为 B 的镇静剂般的表情什么内容也没有，加与不加都一样。B 侍候祖父一日三餐，像服务生一样，没必要什么都太专业吧。但他就是如此。录入手稿，整理书信、手札、字，简直像高级贴身男仆。下午与祖父对话，又是另一个人。过去，每晚都是我与祖父共进晚餐，我端着盘子在小院或起居室喊祖父，现在，加上 B 我们一共三个人。本来一开始 B 为我们两个人服务，为祖父服务自然也等于为我服务，但有一次祖父让 B 留下，三个人一起。B 仍服务，布菜、盛汤，同时与祖父聊着什么，似乎是没完的对话，但有时也不过随便聊到谁，哪个作家，当然是某个外国作家。就这样三人共餐自然而然固定下来，以至有时有些恍惚，忘了怎么就慢慢变成了这样。B 对祖父恭敬有加，且是发自内心的，有一种从里向外打开的东西，让他骨感的面孔有一种柔和氤氲的光感，能看出祖父占据着他的灵魂，他在祖父身边，荡漾在一种幸福中。不过当 B 面对我时，就像闪电一样，氤氲的东西瞬间消失了，像两个人，而只要氤氲消失，他的面孔立刻就有一种拒人千里之外的东西。他是下属却从没下属的姿态，口气、客套都没有。当然，也不是傲慢无礼，我说不出来，猜不透他。我觉得可能是我有求于他的东西太多了，他从不拒绝，但也不表现出热情，同时样样都做得很好。他不仅是祖父的助手，后来事实上也是我的助手，比如在书友会，我倒更像是他的助手。甚至有些客人喝多了闹事也是他去处理。如果客人多，监控有时也需要 B，B 跟游客或新到的房客解释短片与黑白屏中写作的小说家，介绍签名书，如果购买文集可与后院的作者合影留念并获一帧手札。有时解释过程中，我从外面回来，B 会指着我说："那就是我们老板，作者的孙女。"有人买了签名本，立刻要求跟我合影，让我也在书上签名，签完还不算完，提出能不能和祖父合影。我会把球踢给 B。这样吧，你总得给我个理由，B 似笑非笑地对热情洋溢的人说：我再向你推荐两本书，这两本也非常有价值，这样我可以向作者的孙女求个情。把球踢了回来，我破了例，不过没再破第二次。

"洗完澡，我转动老式球式门锁，转不动，怎么转都转不动，我被困在了狭小的卫生间。老塔楼的卫生间都非常小，只有不到两平方米，热气简直要把我窒息了，我用力砸门，拼命砸门，嵌在中央的玻璃被我砸出一个洞，我伸出手抓到另一侧的门钥匙，结果钥匙只拧动了一点就拧不动了，我拼命转动，里里外外反复转，胳膊都扎出了血，我还以为摸到钥匙得救了……”

我、祖父、B 听陌生人讲故事。B 建议一起听，没想到祖父同意。B 认为这几乎是个寓言故事，建议邀两个年轻的陌生人共进晚餐，边吃边听。陌生人也是道菜，哈，祖父大声说。是陌生人的故事，我说。对，是陌生人的故事，祖父大声地接受了我的纠正。其实我的纠正没道理，说陌生人指的就是陌生人的故事，这谁都听得出来。但我就是要纠正，以表达我的多少有点矫情的不满。但祖父的确有变化，甚至变得可疑，对 B 言听计从，与其说老头占据着 B 的灵魂，倒不如说 B 改变着老头，两人一唱一和。除没办法的合影、签名，祖父是不见陌生人的，任何人都不见，对我的《陌生人故事集》不闻不问。合影出来后面部非常僵硬，没有一丝笑，简直不是人间的表情。合影时十分紧张，就像在动物园的狮虎山那样，好像客人买的不是他的书，或者他好像完全不适应阳光。他听我的摆布，但对我做的一切都隔着千里万里。晚餐在小院藤下进行，花香袭人，每年春天，丽江古城各种花就全都开了，到处都是一树树藤本的各色蔷薇，绚烂至极，夕光、晚霞照在玉龙雪山上，也照在窗棂上、藤上、门板上、变形的石级上，还有祖父的脸上、眼睛里。

B 说黄葵、李状二人是来自北京的一对年轻人，两人都有故事。黄葵是住在楼下的女孩，获救的第二天就与楼上的陌生人李状领了结婚证，领证之前先预订了“小说家客栈”。女孩黄葵在塔楼卫生间，被困了六十一个小时，没人救她，直到李状出现。他们住在北京东三环一个老旧塔楼。我太了解那种塔楼了，二十世纪九十年代风行一时，祖父住的就是那样的塔楼，也在东三环。我告诉 B 我常去，那种塔楼的楼道迂回环绕，每层以电梯间为中心点，南北两侧还都各有一个主楼道，顺着主楼道又衍生出另一个楼道，像迷宫一样。

“最糟的是我洗澡时没带手机，没法打电话，没法报警，万般无奈，我想到呼唤苹果手机智能系统 Siri，但手机在卧室里，距离太远，叫了半天没有反应。我又想到了我的智能音箱‘农民’，便大喊‘农民’报警！但‘农民’只是傻乎乎地报时：现在是凌晨两点五十四分，现在是凌晨两点五十四分！”黄葵是个眼睛很大的姑娘，鼻翼有点雀斑，这让她的大眼睛有种朦胧感，一个美丽但有主见的外地女孩，公司白领，单独租房子。

但最初让我惊讶的不是女孩妙不可言的雀斑以及那双眼睛，我惊讶的是陌生人李状和 B 长得有点像。黄葵讲述时，我不断并且不可抑制地看李状，越看越像，也许他们是兄弟？亲戚？这是个阴谋？我恨 B！就算不是他的阴谋，我也觉得是他的阴谋，尤其是那鼻子最像。

“我用刮眉刀捅锁，摘下浴室花洒砸门，大声对着上面的通风口呼喊，都没有任何反应。这深夜不可能有人救我，我得节省体力，做好长期准备。塔楼不知是谁设计的，相互隔绝如同迷宫，互不往来，即使听到些许声音，也唱歌似的，不是来自天堂而是来自地狱，何况楼里住的都是老年人。我坐在马桶上睡着了，挨到早上七点，再次对着通风口呼救。通风口离入户门并不太远，果然有人听到！一个男人问我：你一个人洗澡为什么锁门？另一个人问我：洗澡为什么不带手机？更让我绝望的是，有个停下的人说：你可以自己报警呀！我一遍遍问‘有人吗’，好不容易招来几个停下脚步的人，还是这结果！”

三天后午夜，住在十五楼的李状从山西驾车回来，洗过澡本想马上休息，隐隐听暖气管响。开始没太注意，以为是恶作剧，即使听出是SOS的频率——每隔十分钟三次短，三次长，三次短。李状就曾在房间用暖气管做过这种全世界通用的SOS频率练习，上大学时参加过校野外攀岩队，自从自己的一个女朋友坠亡，再没交过女朋友。大学毕业后自己一个人干电脑维修，在楼上先是租，后来买下了这个五十平方米的房子，已有十年。

“我们在电梯上见过，但是从来没打过招呼。”陌生人李状习惯碰他自己那瘦削的白皙的鼻子，只要他一摸，B也会摸一下。“她从没到过我的修理部，她不知道我，我一觉醒来，一看夜里两点，听到暖气又在微弱地响，我觉得不对，坐起来，隔了十分钟再次听到，非常微弱，好像有一种梦境由远及近走来，难道还在练习？真是惟妙惟肖，太像求救了。我试着敲了两下，声音突然大了些，急了，完全不按频率，反倒是我敲了一次，频率三次短，三次长，三次短。我听到清晰的但也有点不同的频率。她在十二层。我打了开锁电话，房门打开，卫生间门打开，虽然她那么脆弱，但一眼就觉得是我的人。”

黄葵说：“我当时就说，我嫁给你。”

“你要我吗？”

李状说：“我一下想起我的女友，感觉她没死。”

我恨 B。第二天一早我把我的决定告诉 B，他被辞退了，B 却一点也不吃惊，只是问了我一下为什么，我没回答，只告诉他，希望他立刻走人。我许诺了给他一笔钱，数目不小，我告诉他会打到他的卡上。

他掌握了一切，这是他没料到的。

故事是真实的，问题是他连真实都掌控了。

我在祖父那儿泪流满面。

半张脸

石一枫

“我仿佛在哪儿见过你。”

“真的是你?”

对话是这么开始的，既顺理成章又猝不及防。

夜晚明亮，但毕竟是夜，因而也有难得的、幽暗的角落。两人坐在丽江古城的一个过道里，头上缀满半街霓虹。滑不溜秋的台阶下，石板路通向熙攘的四方街。再往远看，那个标志性的大水车遥遥在望，白天也不动，这时却似随着光的流溢而缓缓旋转。

发起这场对话时，单眼皮男人已经给自己留好了退路—— 一旦对方感到冒犯，那么他可以声称认错人了，随即全身而退。而这又是多么陈腐的路数，甚而带有某种怀旧色彩。在他生活的北方城市，类似的一幕曾在不同时空反复上演。就连单眼皮男人本人也尝试过不知多少次了，在酒店大堂、在夜店舞池、在停车场里进口跑车的车窗外。每次都是同样的话，一字不差：我仿佛在哪儿见过你。说得多了，近乎箴言，更像咒语。但那往往是一句失效的咒语。大多数被搭讪的姑娘会翻个白眼唯恐避之不及，而他则自我安慰：这未见得她们讨厌他，毕竟都挺忙的。到了他所处的这个年代，连拒绝也缺乏必要的仪式感。

哪儿像传说中的当年，“飒蜜”会啪啦抖开一把扇子，上书两个大字：有主。

唯一有点意思的是在某所著名艺术院校的内部餐厅里，受其滋扰的姑娘立刻露出了八颗牙的标准微笑，转眼掏出一支签字笔来：“我只能给你签个名，合影的话得问我经纪人。”

因此，对于这位搭讪爱好者来说，眼前双眼皮女青年的回答，不亚于一场意外收获。简直是对他锲而不舍的精神的奖励，天道酬勤啊。

单眼皮男人打了个激灵，至此才第一次认真打量起了对方。刚才，他只是晕头转向地溜到酒吧门外，找个公共厕所卸掉膀胱中的残留物。酒吧有卫生间，但和他一起的那些人正在排队，老家伙们的前列腺多半不太好。所以他才差点踢到台阶上这个单薄的背影，进而腿一软坐了下来，又进而判断出对方的性别，女的，活的。随后便甩出了那句陈词滥调——那话脱口而出，滑溜得像嚼过无数遍的口香糖。即使放在单眼皮男人那并不漫长的搭讪史中加以考量，这也是少有的、未经踌躇的率性而为。

在某种意义上，也要感谢他们所处的这块地方。古城里尽是陌生人，天南海北，虽然陌生却建立了熟悉的共识，因而同时具有陌生人的轻松和熟人的热络。记得刚下飞机时，他就看见了赫然写着“约吗”的广告牌。那时他就觉得类似的召唤过分直接了。

嗯，缺乏仪式感，是他所处的这个年代的通病。

所以现在，单眼皮男人正在尽力补上那一课——郑重而不失谨慎地凝视着双眼皮女青年。对方眼神没躲，令他如受激励，越战越勇。除去长了一双明艳的大眼睛，这位女青年给人的整体印象是清瘦、镇定，脑门儿还幽幽映着微光。头发半长、略黄，在脑后随意扎了个辫子，像喜鹊的翘尾。在他的印象中，相似面貌经常属于学校的女田径队员，面容或带有鹿类般温婉或带有肉食尖嘴小兽的狡黠。在他还是个孩子的时候，就曾对带有上述两种面容的异性着迷，并拖着书包假装郁郁寡欢地在操场外围来回路过。

可惜他只看见了半张脸，脸的下半部分蒙在蓝色医用外科口罩里。

这当然也不奇怪，这是今天世界的常态。在来时的大巴上，一车人只露半张脸；在民宿的前台，茶几背后端坐着半张脸；在载歌载舞的表演现场，篝火照亮的都是披金戴银的半张脸。防疫举措不能停，佩戴口罩常洗手。已经有多久了？身边人们习惯了除去吃和睡，仅以半张脸示人，尤其是陌生人。也正是在诸如此类的不懈努力下，他这样的异乡来客才有机会离开半张脸的城市，登上半张脸的飞机，降落在半张脸的古城。

没错，此刻他的脸上同样蒙着这玩意儿。而对面的半张脸也在盯着他，并声称认出了他的半张脸。这才是令单眼皮男青年倍感振奋的原因，同时还有些许诧异。他不确定自己的半张脸是否有那么突出的特征，分明也没有刀疤或者少了条眉毛嘛。

于是单眼皮男人清了清喉咙："我可没跟你开玩笑……"

不料，双眼皮女青年也清了清喉咙："我像是在跟你开玩笑吗？"

听这话时，单眼皮男人忍不住竖起耳朵，试图辨别对方的口音。很可惜，那是一嘴纯正的、近乎播音腔的普通话，不带任何地域特征。经过又一轮的试探，对方的反问越发笃定，这倒令单眼皮男人有点心虚了。难不成他果然偶遇了一位故人，并且对方还先认出了他？倘若如此，倒真是一件神奇的事，不过想来也不是没有可能。毕竟这些年来，他匆匆忙忙见过太多的人，却与其中的大多数再未发生什么交集。他们变成了通讯录上的一个个号码、抽屉底部的一张张名片，或者社交软件上永不互动的一个个好友。这是他的生活状态所决定的，也可以说，与今天人们的普遍状态相关。那么话说回来，眼前这姑娘是谁？他到底在哪儿碰到过她？还有，尽管他是发起对话的那一方，但凭什么她对他有印象而他对她没有？她的记性怎么就那么好呢？

还是说，他具有某种令人过目不忘的特殊气质——起码对她而言？

这么想着，单眼皮男人不禁稍微有些得意了。但想想又是多么可笑，他这个岁数的男人了，居然还不放过任何一个自我陶醉的机会。妈的，油腻。除去建立必要的仪式感，我们生活中的另一要义就是避免油腻。单眼皮男人纠正了他的“北京瘫”，改为正襟危坐，姿态略显谦恭。他还有意无意地把右手放在左腕上，遮住了名牌手表和硕大的紫檀手串。与此同时，他继续打量并努力辨认着对面蓝色医用外科口罩上方露出的那半张脸。

无数人影从他眼前飘过，无数场景在他心里重组。他像个积极配合警方调查的目击者，正在尝试根据草图复原嫌疑人的长相——然而未果。

这又让他焦躁起来，与之伴随的还有惭愧。

终于，他抬起手来，伸向耳畔的口罩系带——如果他这样做了，那么对方也应报以同样的坦诚和信任。世界骤变之后，也只有真正的熟人之间才能裸脸相见。

而按她的说法，他们不是早就认识了吗？都熟到仅凭半张脸就能彼此相认了。

但立刻，单眼皮男人听见双眼皮女青年说："别，千万别。"

他听出她话音打战，如同畏惧。难道她是一个防范意识极强的卫生模范？这当然也不稀奇，他的生意伙伴里就有那种开门之前都要用酒精擦拭一遍把手的老大姐。只不过倘若如此，她又何必来到这个古镇，出现在摩肩接踵的酒吧街呢？

单眼皮男人站起身来，向后退了两步。他示意给对方留出了安全距离，并再次揪住了口罩。然而双眼皮女青年也警觉地站了起来，背手靠在墙上，眼光流向台阶之下，一副随时要逃之夭夭的模样。酒吧里的光换了个角度照在她的半张脸上，如同兵刃出鞘。突如其来地，单眼皮男人有了似曾相识之感——他的确认为自己"仿佛在哪儿见过她"了。但陡然，他又听见双眼皮女青年的口气软了下来，甚而是在哀求：

"……还是算了吧。"

"什么算了？"单眼皮男人愣了一愣，反问她。

"我们就戴着口罩聊会儿吧，"双眼皮女青年沉吟片刻，又说，"反正我们也早就知道对方长什么模样了……不是吗？"

单眼皮男人迟疑着点了点头，使得双眼皮女青年松懈下来，但她又像怕冷一样把外衣拉链往上提了提。这个动作其实没有必要，正是高原的春季，白天阳光肆无忌惮，留下的余温尚未退去。

单眼皮男人自己只穿了一件松松垮垮、形同道袍的定制款亚麻衬衫，还热得微微冒汗呢。他也注意到她穿得挺“潮”，尽管是一身破洞牛仔裤配运动帽衫，但牌子相当讲究，做工也不像是网购平台上买的冒牌货。而纵观他在与异性交往方面取得的成就，又有多久没被这种“痞帅范儿”的女青年另眼相看过了啊。

尤其这两年，在他彻底改头换面以后，贴上身来的就净是些肉隐肉现的十八线网红了，以及少数靠装疯卖傻来博取关注的女文青。没劲，俗。他一边和她们周旋却一边避免琢磨她们，他的周旋是套路却对她们的套路感到乏味。

随即，双眼皮女青年的另一个动作又让单眼皮男人心里怦然一跳。何止是怦然，简直是轰然。只见她反手拽了拽运动衫背后的帽子，从里面掏出一包香烟与一只打火机来。那动作灵巧而滑稽，让人想起猴子在挠痒痒。女孩身上兜少，如此这般携带不值钱的零碎物品也情有可原。不过，她干吗不背包，倒把帽子当成了百宝囊呢?

双眼皮女青年从烟盒里掏出一支，两指夹住，另一只手正要点火时却扑哧一笑。她好像这时才想起自己也戴着口罩，而口罩除了防止病毒以外还可以防止吸烟。她耸了耸肩，把那盒混合型的“中南海”放在他们之间的台阶上。

单眼皮男人伸手捡起来，也掏出一支。

他不抽烟，但他宁可夹起一支陪着对方，尽管对方同样有烟抽不了。经由那个反手从帽子里掏烟的动作，他开始回忆。

大概是七八年前了吧。地点是他所来的那个北方城市。二环里，金融街，两栋玻璃外墙的写字楼之间。人在这种地方会有自己的影像被重叠倒映的幻觉，一直反弹到天上去。那时单眼皮男青年已经在一家银行工作了若干年，刚从柜员转为大堂经理。

他总会在午休时间来到写字楼之间的小花坛。花坛没花，一圈水泥台子，对面的垃圾桶前放了两个半满水的可乐罐，权当吸烟处。写字楼里不让抽烟，因而此处人们络绎不绝。前面说过，他不抽烟，但他愿意过来透透气。

他相当累，但越累越得拿出振奋的模样。不仅人前如此，独处更不能松懈。他会把脱下的西装，小心地叠好装进塑料袋，然后蹦蹦跳跳，在没有花的花坛上压腿。午饭有时也在这里解决，吃的是从自助餐厅里拿出来的三明治。中午不要摄取过多的糖分和脂肪，那会造成下午犯困。饭后他还会打开手机播放广播体操的音乐，像个中学生一样做操。

这一天，身后恍然多了个人。当他停下来，扭头看见身后站着一位双眼皮女青年。不是半张脸而是一张脸，像即将上场比赛的女田径队员一样清瘦、镇定。对方从容地收拢胳膊，并起双腿。她刚跟他一起完成了一套“调整运动”。

做个操也有人凑热闹。单眼皮男人似乎这才从疲惫中醒过神来，话也滑了出来：“我仿佛在哪儿见过你……”

在那时，他还没培养起和异性搭讪的勇气，更没有随时随地找点乐子的闲情逸致，因而这话仅仅是它字面的意思。他单纯地感到双眼皮女青年有些眼熟。

而对方朝一旁甩了甩头：“没错，就那儿。”

顺着尖下巴的指向，他越过对方的肩头，往垃圾桶和可乐罐望去。那个角落簇拥着几个青年男女，岁数都比他小不少，虽然套着各式制服但一律衣冠不整，此外染着黄头发、戴着耳钉，还有两个男孩胳膊上盘旋着大片文身。那些孩子抽着烟，嘻嘻哈哈地观望着他们。很显然，他们把双眼皮女青年的行为视为了一场即兴的游戏。

也很显然，那些孩子虽然和他同在一片写字楼里，却属于另一个群体。他们不是金融机构的雇员，连公司前台都不是，而是些楼下底商的售货员、服务员和外卖员。通常情况下，单眼皮男人也只有在叫快餐、和客户喝咖啡或者结束加班后去便利店买夜宵的时候才会与他们发生简短的对话。在他的印象里，他们也是这片楼里活得最悠闲的一个群体了，所以有大把的时间溜到外面来厮混，也不知怎么就那么大的烟瘾。他不仅会在每天中午的休息时间瞥见他们，有时呆立在银行大堂里，以肃穆的站姿两手捂裆茫然望向窗外，也会看见他们正凑在花坛旁边打闹——夸张的造型、夸张的表情、夸张的动作。

在那时，他又会做出经典的政治经济学判断：这些孩子活得如此悠闲，并不是因为有着悠闲的资本，而是因为注定无法获得“不悠闲”的资格。而为了不沦为这一族群中的一员，他又曾经付出过多么持久、勤奋的努力啊。

所以他再回看双眼皮女青年时，感受到分明带有隔阂的冷漠，目光是俯视性的。

对于他的言外之意，双眼皮女青年当然有所察觉。对方本已露出了半个笑脸，突然眼里一凛，两颊也绷了起来。在对方看来，他这人起码“不太识逗”。

双眼皮女青年搪塞了一句："我看您天天做操，也想跟着动弹动弹……"

说完转身，欲走向她的同伴。她一定吐了吐舌头或撇了撇嘴，男孩女孩都哄笑了起来，还有人噗地喷出一口烟。这无疑让单眼皮男人不快，如果是在对方工作的店里——通过她罩在运动帽衫里的围裙，他已经知道她是一楼茶餐厅的服务员了——那么他很可能会发起一场投诉，就像那些银行里不耐烦的客户会不分青红皂白地投诉他一样。

也就在这时，啪啦一记声响打断了他的愤怒。

地上落着一只打火机，它掉出来的地方，居然是运动衫的连体帽。单眼皮男人这才看清，双眼皮女青年正在做一个灵巧而滑稽的动作，试图反手从帽子里往外掏香烟，好像一只猴子正在抓痒痒。不巧围裙绷得太紧，碍手碍脚，于是没拿稳。基于条件反射，单眼皮男人捡起了打火机，递回给对方。他在银行大堂里总这么做。

双眼皮女青年接过打火机，点了支烟说："谢谢啊。"

单眼皮男人顺势问："东西干吗放这儿？"

"店里有规定，上班不让带包，身上兜儿又少。"

单眼皮男人又接口道："这是哪门子规定？"

"老板宣布的，怕我们往外'顺'吃的。"

双眼皮女青年好像在说天经地义的事，单眼皮男人却忍不住替她委屈了起来，同时顾影自怜。他联想到了自己工作中的种种规定。有些当然是白纸黑字，还有些就是领导的潜规则了，旨在拢住优质客户，防止被他这样的小年轻"挖角"。因为犯过此类忌讳，他还遭受了排挤，否则也不会在此时孤零零地晃悠到写字楼外。而在那一瞬间，他感到和这个打搅了他的女青年同病相怜了。他们都像防贼似的被人防着。

所以他面无表情，牙缝里冒出一个“×”，气流很轻，听起来像“擦”。

一“擦”之下，双眼皮女青年眼里似有火苗晃动，两人之间的温度也提高了似的。在某些情况下，人们对于某些事情的态度会让他们拉近距离，好像突然认出了“自己人”。双眼皮女青年也“擦”了一声，然后把话头拽回去：

“你做的是第八套广播体操吧？”

“您”变成了“你”。单眼皮男人问：“你也学过？”

“那当然，”她说，“不过我上学的时候，已经改成第九套了。”

回忆着上述场景，单眼皮男人和双眼皮女青年正在古镇里踽踽而行。他们漫无方向，不时躲避着身穿纳西服或汉服或破洞乞丐服的游人。也不知是谁先走起来的，反正他们下了台阶，开始游荡，每人手上夹着一支无法点燃的香烟。除去吃喝时，迎面飘来的满街男女也尽是半张脸，这是一座昼夜不分、今古不分、中外不分的半面之城。

对话是由单眼皮男人发起的，但换了个地方，就变成了双眼皮女青年喋喋不休，而他顶多在对方喘口气的时候“嗯”“哦”“啊”一声，像个滥竽充数的捧哏演员。但也怪了，双眼皮女青年所说的话跟往事无关，她的注意力似乎尽被眼前的景象吸引了。

当然也可以从眼下的特殊时期来理解：整个世界都在经历萧条，国内也刚复苏不久，因此仅仅是摩肩接踵的人群就足够令人兴奋的了。

她的话音缠绕在他耳边：

“这种‘云腿’煲汤反而浪费，按伊比利亚的做法切片配乳扇就挺好。

“国际友人寥寥无几了哈？民俗的生意不好做了。

“都什么时候了怎么还尽是敲鼓唱民谣的？哼，千篇一律的时髦。还有那些门脸的装潢，用昆德拉的话说，这就叫脱俗也即媚俗吧？”

她似乎对这地方很熟，来过并且不止一次。而她又是什么时候开始对昆德拉感兴趣的？这就有点不像印象中的双眼皮女青年了。即使是他这个受过高等教育的人，也是近年来才开始恶补那些拗口的文化符号——主要是为了混进另一个圈子，同时也有提高搭讪品位的功效。但话说回来，毕竟时隔已久，或许在这些年里，双眼皮女青年也经历了一些变化。此外还可以猜测她过得不错：昆德拉、服装牌子以及来到古镇这个行为本身，都说明她八成不再是一个职高毕业、薪水日结的服务员了。

单眼皮男人一边走神揣测，一边继续回忆。如果她果真过得不错，也就说明那件事情并没对她构成什么影响。这令他心安，甚而可以说是今晚的另一个惊喜。而那件事情又是怎么发生的呢？临时起意还是酝酿已久？他仿佛第一次有了反思的欲望。

在此之前，还得说说他们在那段日子的日常交往。还和广播体操有关。有了第一次，在日复一日的午休时刻，双眼皮女青年每每会不打招呼来到他身后，和他一起做操。可见她不仅以模仿他来取乐，而且的确是一个广播体操的拥趸。这当然也没什么好奇怪的，现在的孩子总有些不合时宜的复古爱好。

不光是她，就连她的那些同伴也加入了进来。孩子们在他身后列成阵势，随着手机洪亮的功放，扩胸、踢腿、下腰。初时还是凑热闹，到后来居然一个比一个认真，做完收工，每人额上蒙一层薄汗。这就构成了两栋写字楼之间引人注目的一景。人多势众，连他都觉得此时的做操又和往日不同，不再是宣泄，倒像示威了。

同事都问他："你怎么跳上广场舞了?"

还有人评价："没想到这哥们儿是个搞行为艺术的。"

说时用力挤眼，好像意在证明他是一个多么古怪、不合群的人。

单眼皮男人无言以对。的确，他也知道自己在原来的群体里不受待见，同时意识到自己无意间开拓出了另一个群体。在新的群体里，他拥有发言权，可以决定是做第八套广播体操还是第九套广播体操；他展示了慷慨的气度，可以把留着招待客户用的"软中华"拆开两盒分给大伙儿；他还建立了不怒自威的仪态，现在那些孩子称呼他时，都在姓氏后面加个"哥"了，透着亲热与敬重。令他稍感可悲的是，孩子头不都是那种甘愿自降身份的成年人吗？但这个角色又给他带来了一丝欣慰。他想起自己小时候，也爱跟在工厂宿舍区里的几个青年工人屁股后面转悠，人家多看他一眼就能让他激动不已。只可惜当他也到了可以培养一群狐假虎威的小跟班的年纪时，宿舍就拆迁了，连他父母都一并搬到远郊去了。

他甚而还获得了行侠仗义的机会。做了约莫一个多月的操，包括双眼皮女青年在内的几个孩子试用期满，拿到了劳务公司发下来的合同，围在花坛旁互相比对。而他扫了一眼就发现了纰漏：基本工资低于法定标准，没有节假日的加班费，更关键的是连保险都没上全。他将问题指出，引得众人一片“擦擦擦”，但也表示没辙，还怕一有怨言就把他们换掉，连班都没的上。都是本地孩子，看着挺“野”，骨子里还是老实，既好管又好骗。单眼皮男人笑了笑，给他们讲清形势：依照《劳动法》，这种情况一告一个准；再说打工的需要店，开店的需要人，说到底都是博弈，你以为现在低端劳动力就不紧缺吗？

又是“博弈”又是“紧缺”，说得孩子们直犯愣，连那个戳人的“低端”都给忽略了。后来就决定，去找劳务公司闹一闹，有枣没枣打三竿子。他还给他们介绍了一家跟银行有业务关系的律所，那种地方为了扩大影响，会做点法律援助之类的公益事业。一竿子下去，果然打下来仨瓜俩枣，各人的合同条款纷纷得到了改善。一切反动派都是纸老虎，大家表示，他这个“哥”可真不是白当的。

有了战果就要庆祝，众人同去撸串，不过后来还是“哥”请的。那天他也没少喝，晕头转向地走进西二环里狭窄的胡同，身边只剩下双眼皮女青年。

前面还没说吧，这时他跟她已经很熟了。两人除了中午做操，还养成了晚上遛胡同的习惯。他们每天结束加班的时间刚好相近。遛的时候往往也没话，各怀心事。胡同其实不黑，头顶就是通体放光的写字楼，还有那些网红店的半街霓虹。他们踽踽而行，不时侧身避开迎面飘来的“魑魅魍魉”，就和多年以后单眼皮男人在古镇所经历的情形相仿。

往复几个来回，一个奔了地铁站，一个去赶末班公共汽车。

只是那天他没想到，双眼皮女青年会突然一拍他肩膀，接着就把脑袋拱到他胸前，在他的制服上发出了类似于擤鼻涕的声音。然后他才发现这姑娘哭了起来。不过这同样没什么好奇怪的，谁喝多了情绪都不稳定，哪个酒吧门口没坐着俩一把鼻涕一把泪的“果儿”？

接着，双眼皮女青年就说：“你有对象吗？没有的话我去你家。”

就连这也不奇怪。混得久了，他知道一些人在男女方面相当随意，身边没合适的还能网上约。这就和他所处的环境不一样，起码占了个磊落，不像他的前女朋友，在一家赫赫有名的公司做销售，自打好上就没让他碰过，有一天正逛着街突然血崩了，送到医院急救，才知道子宫都快被刮漏了。

单眼皮男青年反问：“我要有对象呢？”

双眼皮女青年就说：“那咱们去宾馆。”

说得单眼皮男人咯咯一乐，随即摊开一只手掌，按在双眼皮女青年的天灵盖上。她的脑袋在他手下像个小皮球，而按她那个岁数人的流行用语，这个动作被称为“摸头杀”。“杀”了一会儿，他把那只小皮球轻轻挪开：

“我看咱们还是聊点别的吧。”

也和多年以后的情况相仿，当他们走到古镇的另一端站定，单眼皮男人突然提议："我看咱们还是聊点别的吧。"只不过事先省略了那记"摸头杀"，这是因为对方不再是个可以让人随便胡噜脑袋的孩子了。唉，她也大了，而他都快老了。

对面的半张脸问："咱们不是一直都在聊吗？"

单眼皮男人说："但聊得太务虚了。我是说，可以聊点具体的，跟我们有关系的……"

"我们有什么关系吗？"双眼皮女青年突然怼了他一句，又带着十足的挑衅意味问道，"那你说吧，你想听点什么？"

单眼皮男人既搪塞又试探："可以聊聊你这些年……"

"我这些年？你还有工夫关心这个？"双眼皮女青年咄咄逼人地再次插嘴，俄而一笑，古怪而讽刺，头颅也随之微微转动，向他露出了侧脸弧线。刚才的一路上，单眼皮男人注意到，她总是乐于将侧脸朝向他，或许她对自己这个角度的视觉效果更有信心。根据他所了解的知识，这叫作"侧颜杀"。只不过印象里的双眼皮女青年是没有这个习惯的，此外如果从侧面看去，眼前的双眼皮女青年似乎也和过去不太一样了……怎么说呢，她的耳朵变尖了，腮部轮廓呈现出近乎西方人的棱角……不过他好像也记不住她以前侧面的长相，再说人都在变……单眼皮男人这么说服自己，打消了蠢蠢欲动的疑虑。

"瞧你说的。我是挺忙的，但还是会时不时地想起你来，毕竟我们……"他继续搪塞并试探着，"对了，你后来去哪儿工作了？"

这时他听见双眼皮女青年说："去了深圳那家公司，做媒体运营。你给介绍的门路还挺地道，没忽悠人——所以我得谢谢你呀，师兄。"

单眼皮男人也正是在这时意识到事情不对的。他按住了口罩，也按住了口罩下面尚未合拢的嘴，近乎惊悚地瞪着双眼皮女青年。

跑偏了，两岔了。单眼皮男人仿佛看到两条缠绕在一处的曲线，原本越来越近几乎重叠，突然间往相反的方向滑去。

比方说，他记得他们是在距今更为久远的年代认识的，那时银行业还可以称为一个热门行业，苹果手机也刚出第五代。但按照双眼皮女青年的说法，当他们开始“交往”之时，大批纸媒已经开始纷纷倒闭转型了，而他送了她一台 iPhone 8 Plus。再比方说，他们从没去过那座城市北部的上地和西二旗一带，可在双眼皮女青年的叙述中，两人的见面地点总在联想总部斜对面的“孵化器”附近。所谓“孵化器”，其实也是一栋写字楼，楼下恰巧也有一个吸烟处。还比方说，他明明记得是她先来招惹他的，如果不是她跟他有样学样，他们才不会结成一个做广播体操的小分队。然而双眼皮女青年把他描述成了一个相当孟浪的形象——径直把手伸到她的帽子里，掏出烟来点上，然后眉飞色舞地等她相认。

更遑论什么“师兄”和“师妹”。

一言以蔽之，认错人了。刚开始是她认错了他，后来他也认错了她。现在就像肥皂泡被戳破，留下一片真相大白的空洞。

至于认错的原因，当然是口罩喽。他们所露出的半张脸一定与对方以为的“那个人”高度相似，无论是眉眼、年龄还是神色。其实自打习惯戴着口罩出门，单眼皮男人就总在怀疑，如果只看半张脸，人与人之间的相似程度是否会陡然增高。你完全有可能把丑陋的认成俊俏的，把猥琐的认成端庄的，把晦暗的认成明艳的。除此，口罩也过滤了他们的声音，一律失真地发闷，都变成了老款收音机里的质地。他还有一个经验，在口罩的掩护下，碰上不想打招呼的人完全可以坦然地视若无睹。

可既然如此，他们又为何非要如此积极地“相认”呢？这就不能不涉及两人的另一个心态了——在某种意义上，他们也许同时渴望着他乡遇故知的戏剧性效果。

回看方才走过的那段路，也堪称一个小小的奇迹：他们不仅不明就里，而且还像真正的熟人一样相互鼓劲，已经远离了人烟稠密之处，顺着崎岖的台阶，直爬到半山腰上来了。朝远方望去，白天银装素裹的雪山成了一团暗影，飘浮在墨蓝色的云里。身边是一家新开的客栈，门可罗雀且散发着新木头和漆的味道。到底氧气稀薄，双眼皮女青年两手撑膝喘了一会儿气，而后走进那道门里。

临进门她说：“师兄，我们坐会儿吧。”

客栈自带回廊露台，提供茶水饮料，他们相向坐在靠边的桌旁。

也奇怪了，在单眼皮男人的视线中，刚才怎么看怎么熟稔的半张脸，现在就怎么看怎么陌生了。可见在某种意义上，“认识”只是一个心理概念，要先“认”后“识”。不识庐山真面目，只认他乡作故乡。

更奇怪的是，他居然迟迟没向对方指出那个错误。现在的情形是他心知肚明，对方却还一派懵懂。这就有点成心了。难道他还指望着以“师兄”的身份和“师妹”发生点什么吗？当然，事情虽然略显诡异，但还不至于发展成一出拙劣的喜剧。当双眼皮女青年喘息甫定，又开始继续她的讲述时，单眼皮男人便屡屡涌起冲动，想要结束眼下的尴尬场面了。看着对面的半张脸，他还隐隐担忧会不会陷入什么意想不到的麻烦。别人的事最好不要知道得太多，尤其是陌生人。只不过他又发现，他已经变得骑虎难下——如果此刻贸然戳穿，对方又会怎么看他？会不会认为他实际上已经将错就错地窥探了自己的隐私，进而认定他是个居心叵测的变态呢？

尤其是在这样一个前提下：双眼皮女青年刚一落座就声称，当初她和“师兄”交往也并不是因为“喜欢上了对方”，而是“另有所图”。

“所以你大可不必自我感觉良好，至于我呢，说得损点跟‘卖’也差不多。”说这话时，她的口吻变成了近乎恶毒的坦率。

这让单眼皮男人越发心悸。他又寄希望于外界因素能帮自己脱困，于是向吧台招了招手。什么都可以，看着上就行。上来的又是啤酒，对待仅有的一桌客人，服务员反而心不在焉。但这就够了，喝什么倒是其次，关键是“喝”这个动作所伴随的必要条件——单眼皮男人再次将手伸向口罩，并尽力装得像个下意识的动作。

他又听见双眼皮女青年断然厉喝：“打住——停。”

双眼皮女青年冷峻地盯着他，眸子像猫眼一样扩张放大。对于单眼皮男人的小把戏，她洞若观火。对于只能“戴着口罩聊会儿”的原则，她保持着毫不通融的坚守。单眼皮男人忍不住叫起屈来：“这又何必呢？一定要蒙着脸吗？你要是不放心，我可以向你出示我的健康码，比绿帽子还绿……社区还要求我做过好几遍核酸，都没问题……”

双眼皮女青年说：“你别装傻了，我不摘口罩可不是因为这个。”

“那为了什么呢？这不是自己折腾自己吗？”单眼皮男人试图说服她，“你觉不觉得闷得慌？我都快喘不过气来啦——”

双眼皮女青年又说：“为了什么你还不知道？当初不是你答应，我们再不见面的吗？”

单眼皮男人恍惚道：“你是说——只要戴着口罩，那我们就不算见面？”

“是这个意思。”

“这就有点自欺欺人了——”

“自欺欺人就自欺欺人吧，反正我就是这么觉得的，说了不见就不见。”

“那你又干吗非说认出我来了呢？你明明可以掉头就走，像碰上一个臭流氓一样让我哪儿凉快哪儿待着去。如果你那么做，朗朗乾坤我也不敢造次吧。”

“你当然不敢。但我一直好奇，如今你对那件事是怎么看的？”

“哪件事？”

“你又装傻，该不会连那件事都想否认吧？”

两人语速越来越快，又在一瞬间定格，迷茫地看着对方。

那是半张脸与半张脸的面面相觑，单眼皮男人越发猜不透对面的口罩下藏着什么了——可能并不是一个鼻子一张嘴，而是空洞，是云团，是他从未到过也难以想象的未知之境。他还心惊胆战地意识到，原来他们的心里都藏着一个“那件事”。在这个异乡之夜，令他们互相吸引的与其说是误会、是寂寞，倒不如说是“那件事”。

与双眼皮女青年那半张脸上的锋芒毕露相反，单眼皮男人的半张脸上写满了无奈。不仅无奈，还有疲倦。事实上，他已经装不下去了。他缓缓站了起来，扫了双眼皮女青年一眼，然后迟疑地转身，朝客栈门外走了两步。既然他掉进了一场错乱而对方又不给他纠正错乱的机会，那么还是适时地抽身而出吧。再多说一句，他已经察觉到这个双眼皮女青年有点不正常了，他很后悔自己选错了搭讪对象。

临走前，他拿起啤酒，在另一瓶啤酒上碰了一记，权当是个告别。

但他又对自己失算了。当他听见背后传来一声“回来”，他立刻就回来了。对面的口罩里传来一声“坐下”，他立刻就乖乖地坐下了。他怎么变得这么听话？被慑住了一般。慑住他的是双眼皮女青年那偏执的、不容争辩的态度，还是古城之夜亦幻亦真的氛围？抑或仅仅是“那件事”——藏在他们心里但又呼之欲出的“那件事”？

正当单眼皮男人既战战兢兢又魂不守舍之时，双眼皮女青年便开始了新一轮的讲述。她的嗓音不再尖锐，语调也变得和缓。她眼里的光芒熄灭了，口罩上方的半张脸也好像暗了一层。与之相应，连她所说的话都不再没头没尾，而是逻辑清晰地串联在了一起，前后照应且环环相扣。就像一个醉酒的人忽然醒了，或者一个癫狂的、胡言乱语的家伙忽然意识到自己正在做报告。但也恰因如此，单眼皮男人心里又升起了一个疑虑：如果她是在对“师兄”讲述，而师兄又是“那件事”的当事人，她又何必事无巨细地从头讲起呢？是时隔久远因此她怕“师兄”忘了，还是说，她其实早已知道他并不是她的“师兄”？

念头滑过，像触电一样，令单眼皮男人脑中嗡然一响。

但还没等再深想下去，他已经被裹挟进了一个与己无关的陌生故事。他半推半就，随波逐流。故事的内容，乍听起来不过是一场常见的男欢女爱，简直常见到了男不欢女不爱的地步。双眼皮女青年也是在写字楼下的吸烟处遇到了“师兄”，她那时刚毕业，正在熬过如履薄冰的试用期，并不知道自己能否留下，此外还刚结束了一场旷日持久的异地恋。乘虚而入，当“师兄”认出了她，两人就此好上了。也按照她此前的说法，双眼皮女青年之所以会开始这场逢场作戏的办公室恋爱，图的无非是在公司里有个靠山罢了。他们那个新媒体公司是做“内容服务”的，写手们采访热点事件，写成报道出售给网上的公号，再按照点击数量从广告费里分成。谁的报道上头条，谁的报道动用更多资源去推，已经混成策划总监的“师兄”还是有发言权的。毕竟不是在学校里的时候了，游戏规则大家都明白。

这样的关系，两人谁也没真当回事。事实上，没过多久，双眼皮女青年就不再到“师兄”那儿去过夜了。相看两厌，连自己都讨厌。又然后，“师兄”替她介绍了一个薪水不错的新职位，地方在深圳。这说起来是“替她打算”，当然更主要的还是免得因“萌新”在公司里落人口舌。游戏规则大家都明白。

听到这里，单眼皮男人几乎在口罩后面打起哈欠来了。晚上第一场没少喝，又鬼使神差地出来遛了一圈，酒劲反上来了。对于那位“师兄”的做法，他不仅理解，而且还认为处理得相当得当呢。有那么两次，他也是如此这般摆脱麻烦的。

但他又听见双眼皮女青年说：“你也别觉得我是想缠着你，我现在不用靠……男人过日子了。我想说的还是那件事。”

单眼皮男人机械地重复：“那件事？”

“是啊，”双眼皮女青年再度无法压抑情绪，蓦地拖出哭腔，“咱们玩就玩，你让我走我就走，干吗逼我去害别人呢？”

话题终于绕回到了“那件事”上。而单眼皮男人意识到，他等的其实是这个。他叹了口气，任由双眼皮女青年疾风骤雨般地倾吐着言语。这时她就没有能力故作镇定了，话含在嗓子眼里像一口滚水，必须在最短的时间内排空，否则会把她烫伤。单眼皮男人也终于听明白了：“师兄”还希望她做一件事，就是把她所在的微信“写手群”里的某些聊天记录截屏发给自己。群里有个老写手，姓岑，在报社做深度调查出身，爱发些不合时宜的牢骚。而那位老岑死盯着不放的两个案子，正好与深圳那家公司有些利益冲突，人家忌恨他很久了。如果能找个由头敲打敲打老岑，让他收手，也算是双眼皮女青年带过去的投名状。

就连“师兄”也有好处：趁机整顿一下写手团队，将来做事更顺畅些。对于这一点，“师兄”未曾讳言。毕竟有此前的关系在，谁也不必遮掩什么了。

“所以你后来还不是……”听到这里，单眼皮男人插嘴道。这话几乎是替那位“师兄”说的了，他还想开导双眼皮女青年：做都做了，就别事后瞎琢磨了。

但双眼皮女青年说："对，我答应了你……我太需要一份工作了，毕业以后漂了两年，房租还得管家里要，我爸我妈唠叨得我脑袋都快炸了。那时我也没想到那么做会有多大后果，觉得顶多是内部警告老岑两句罢了。可谁想到你们把他的话断章取义放到网上去了呢？又谁想到正好赶上了一个网络风潮，那帖子会产生那么大的影响，还有那么多不相干的人不断地声讨他、'人肉'他，导致公司不得不开除了他——你知道他现在怎么样了吗？"

"怎么样了……"单眼皮男人只好再替"师兄"问道。

"你们没问过吧？我打听过。他再没找着工作，别处都不敢要他。他老婆本来就有抑郁症，后来崩溃了，从楼上跳了下去，脸都摔没了一半。去年他来到古城隐居，租了间房子住着，文章也不写了，靠在工艺品商店给人看摊儿糊口。也不瞒你说，我刚去看过他，都戴着口罩，半张脸也没被认出来……不过就算认出来也没意义，他到现在还不知道当初是谁把那些截屏传了出去，再说我也不敢承认……"

双眼皮女青年的语速慢了下来，音量渐小，但她的两眼又开始灼灼放光，死盯着单眼皮男人。她还做出了一个举动，打开手机找出一张照片，展示在单眼皮男人面前。照片上是一家古城常见的商店，做旧的木门脸，柜台旁坐着个黑瘦男人。单眼皮男人下意识地一闪。他与此事无关，尽管被迫听了但他与此事无关，他这么提醒着自己。再回过头去，却看见双眼皮女青年面色潮红，太阳穴处凸出了淡蓝色的青筋。

她霍地起身，连手机也没拿，快步冲向一侧的卫生间。

木板门后传来断断续续的呕吐声和冲水声，单眼皮男人这才意识到对方其实也早喝多了。两人身上的酒味混在一处，此前竟未留意。风一吹，她终于也上头了。而他刚刚经历了什么？酒后吐真言吗？她又希望“师兄”做何反应？忏悔？道歉？无地自容？此外还有，此刻在她眼里，他又是谁？到底是不是“师兄”？如果是，方才的问题又回来了，她何必把“那件事”画蛇添足地再讲一遍呢？

在酒与重重疑虑的共同发酵下，单眼皮男人几乎不知自己身在何处。然而他的手做出了一个明确的动作：拿起双眼皮女青年落在桌上的手机，点亮屏幕。刚才他就看见了对方的解锁密码，只要在沿着九个小圆点画出一个“Z”就行，也幸亏双眼皮女青年没给手机设置面部识别。这动作充满了冒险，也很不符合他现在的身份，此外他还觉得吧台后面那个半张脸的服务员正在鄙夷地审视着他。然而单眼皮男人不由自主。

微信里没什么好看的，她看起来没有男朋友，交际面也很窄，和他这种人恰好相反。关掉微信后，单眼皮男人又扫了一眼双眼皮女青年的常用软件，这才发现了那款他从没用过也没听说过的APP。一个蓝色的小方格子，中间有片不规则的红色印记，看了一会儿他才辨别出那图案是一张嘴。软件的名称叫作“说出秘密的一百万种方法”，从商业推广的角度考虑，这恐怕不是一个好名字，太长了。

单眼皮男人的手指在屏幕上悬了几秒，正犹豫着是否点开那款软件，卫生间的木门吱地响了一声。他迅速按灭了手机屏幕，重新放回桌上。完成了一场倾诉和呕吐，双眼皮女青年复归了平静。她闭上眼睛，似乎养了会儿神才开口：

“事就是这么个事，我说完了。”

她也不管他叫“师兄”了。她吊起了他的胃口，但这时单眼皮男人才明白，她其实并不在意自己作何感想。她是一个毫无责任感的悬念制造者，说完了就完了。

果不其然，双眼皮女青年站起身来，其姿态不仅如释重负，简直身轻如燕。她拿起一瓶啤酒，在另一瓶啤酒上碰了碰。他们消耗了两支没抽的烟和两瓶没喝的酒，终于迎来了毫无仪式感的告别。但此时，他绝不能将双眼皮女青年视为一个没有仪式感的人了，相反，他认为她的仪式感有些太强了。他想劝告她，这其实不一定是个好习惯。

他还想问她：我是一百万分之一吧？

但连这也没说，他只是答道：“是有点晚了，还有人等我。”

“……你不会怪我吧？”双眼皮女青年指了指半张脸下方的口罩。

单眼皮男人摇头：“说好不见就不见，这不是大家都同意的吗？”

“谢谢你。”

“不客气。”

“对了，还有件事……”

“您说。”

“当初你那位‘师兄’……哦不，就是我……我跟你打招呼的时候，说了点什么呢？”

“就一句：我仿佛在哪儿见过你。”

两人点了点头，双眼皮女青年拿起手机，转身出门。她的身影缓缓飘向山下，逐渐融入黑暗之中，但在即将完全隐去之前又停下，亮起了一小团光。抽烟的时候，她的口罩总算可以摘下去了吧，但单眼皮男人已经看不见她执意深藏的另外半张脸了。

坐了很久，单眼皮男人才结了账，从客栈里出去。

这才发现回去的路其实不远，十来分钟就走到了。这也与夜彻底深了下来有关，街上稀稀落落，道路变得畅通，半面之城正逐渐接近一座空城。

酒吧的包间里塞满了人，那场流动的盛宴仍在继续。朋友，朋友的朋友，天知道在这个千里之外的异乡还能遇到多少拐弯抹角的熟人。他那个圈子的人们每逢这种季节大都是要出国的，但今年特殊，假如你不想滞留在哪个海滩或者哪艘邮轮上有家不能回，那么最好把相对安全的国内景区当成备选方案。

也和他所来的那座城市一样，类似的聚会上总少不了几个来路不明的“果儿”，而在人困马乏的下半场，老男人们的兴趣就只剩下了跟她们穷“撩”：

“别看我现在就一俗人，当年也算知识分子，还有教授职称呢。”

“您这身板儿，搁教授里绝对是比较壮硕的类型吧？”

“别听丫瞎扯，他是体育系的教授。”

“妹妹也读诗吗？”

“我特喜欢徐志摩。”

“你不必欢喜，更无须讶异——”

当单眼皮男人出现，酒桌上立时飞升起一串杯子：扎啤杯、红酒杯、威士忌方杯……单眼皮男人也捏起一只色彩斑斓的珐琅杯，与众人相碰后把白酒送到嘴边，这才发现隔着一层口罩。他惶然着半张脸，看着四周那片或通红或惨白或浮肿或干枯或涂粉或冒油但一律完整的脸，尴尬地把杯子放下，找了个溜边的沙发，将自己缩了进去。

立时又有人大呼着“没劲”要把他揪起来，还有人咬定他不肯摘口罩是因为“在哪儿刷糨糊让人挠了”。单眼皮男人既客气又虚弱地应付着，叫来服务员添了酒，这才得以脱身。他打开自己的手机，下载了一个程序：说出秘密的一百万种方法。

再次印证了单眼皮男人的判断，这绝对是个毫无市场前景的软件：注册人数极少，其内容也类似于过时的论坛，无非是几个或真或假的心理咨询师在对会员进行义务疏导。按照那些人的说法，秘密在心里存久了会影响身心健康，就像过期食物会在地窖里腐败发酵，最终把整栋房子搞得臭气熏天。因此他们建议，要尽可能地把秘密倾倒出去，但他们又提醒大家，尽可能地不要在网上尝试这种行为，那毕竟不安全——而这也就是那个软件存在的真正意义了，会员们集思广益，互相交流着“绝对不会造成麻烦”地向陌生人说出秘密的方法。这些方法又被统称为“找树洞”，这大概来源于一个童话，而在那些人看来，世界上行走着无数个活的、可靠的、可以随时发挥作用的“树洞”，只看你能不能在恰当的时间以恰当的方式将他们激活了……

单眼皮男人瘫在沙发里，诡异地笑了一声。他刚刚经历了一场故弄玄虚的网上游戏。多幼稚啊，几乎不是他这个年龄的人所能理解的。但他确实被激活了。像个开关咔嗒响了一声，他的酒也醒了，脑子里一派澄明。

趁着酒桌上掀起了新的混战，他抽了个空又溜了出去。夜凉如水，让他袒露的半张脸感到寒冷，但他隐藏的那半张脸闷得发热。营业场所纷纷关门，剩下的门脸就像嘴里寥寥无几的牙。在一条仿佛来过的街上，他看见了那家仿佛来过的商店。门脸不大，内里也不幽深，摆设的尽是一些民族风的手工艺品，东巴纸、刺绣或木雕之类的。

门口的方凳上坐一黑瘦男人，面目不清的半张脸，仿佛也是在哪里见过的。单眼皮男人走过去，累垮了似的坐在店门口的青石板台阶上。

黑瘦男人用普通话问："要点什么？"

单眼皮男人说："喘不上气，我歇会儿。"

黑瘦男人打量他一眼说："你口罩该换了，戴一晚上又没少说话吧？都潮了，不透气。"

说完欠身，从柜台里拿出几副口罩递给他。当地作坊做的，缎面刺绣，并不符合防疫标准，但好过没有。口罩上绣着各色图案，有鸳鸯戏水，有东巴文的字句，单眼皮男人挑了一副格外显眼的换上。那图案是张血红的嘴，微微开启，似在言语。空气果然清新了许多，单眼皮男人问了价，用手机付了款。

然后他问："你不是本地人？"

黑瘦男人一笑："这儿就没什么本地人。"

一群外地人在外地接待外地人，构成了这座半面之城。这儿的确是一个适合吐露秘密的地方。黑瘦男人掏出一盒烟来，放在两人中间——对于半张脸，烟只是个摆设，但同时意味着一场对话的开始。

大家都有过往，此时恰巧又都没事可做，聊聊就聊聊。

单眼皮男人心里虽然涌起了一些话，却还是打消了把它们说出来的念头。和那位双眼皮女青年不一样，他已经过了吐露秘密的年龄。他的生活需要仪式感，但就像墓前的供品罢了，宣告着墓里的内容虽然永远存在但又被永远埋藏。

就像另一位双眼皮女青年，其实单眼皮男人已经记不清她的长相了。别说半张脸，就算看见了整张脸他也认不出她。然而他知道，和她相关的故事不是感伤，而是欺诈。当他还是个银行职员时，就清楚地判断出那份职业没有再做下去的价值了——网点正被大量清撤，未来的风口属于那些野蛮生长的新行当。他也早和写字楼里的一些机构的人接洽过，如果带着足够数量的客户投奔过去，可以在人家那里占据一席之地。包括双眼皮女青年在内的那些孩子都成了他的投名状。他们既缺钱又乐于相信他，是新风口新行当里难得的优质资源。至于此后那些孩子又会经历什么，却与他无关了。追债，威胁，“社死”，都是下游产业的勾当。在“金融科创公司”的账面上，他们都是报表上的漂亮数字。

单眼皮男人还记得当年，在那个同样明亮而又突然空旷下来的夜里，他们松松散散地说了几句话。被一记“摸头杀”推开，双眼皮女青年点了支烟，随口问他想聊点什么。单眼皮男人说：“聊聊你吧，这份工作你还想一直做下去?”双眼皮女青年说：“当然不想，只是想攒点钱。”单眼皮男人说：“攒钱做什么?”双眼皮女青年说了古城的名字。她想来，因为人家来过。单眼皮男人告诉她，何必攒钱呢，参加一个金融计划就可以，也不用抵押也不用证明。他还说如果能介绍更多的参与者，她的利率可以打折。但他从没告诉过她，在那份令人眼花缭乱的电子合同里，利率算法和人们通常以为的不一样。

在那以后，他就再没见过那个双眼皮女青年。他也从来不指望能见到她，直到今晚。而今晚实际已经结束，手表显示，早就是第二天凌晨了。他度过了旧的一天又换上了新的半张脸，和一个似曾相识的男人坐在一起，像古城的所有过客一样内心沉默。那两个双眼皮的女青年却早已离他们远去。

街边突然又嘈杂起来，一群夜归的游人经过，单眼皮男人被吸引了视线，旋即看了一眼匆忙离开。那男人的半张脸上敞着一张血红的嘴，好像露出了秘密的一角。

木板风铃

尹学芸

一

“嗨，我好像认识你。”惠美主动先打招呼。双肩包卸下来，他往里挪了下座位。惠美说：“谢谢，这车子宽敞。”惠美在他对面坐下了，又对前座上了些年纪的女人说：“您好。”

女人礼貌地回了句：“你好。”

“是在哪里见过？”他转过身子朝后看，每个座位上都有人。如果有座位坐两个人，除了母女，那一定是夫妻。

“你渴吗？”他问。银色的杯子被拧开了盖子，朝这边举了下，又很快画了个弧缩回去了。有两滴水落到了膝盖上，他用手弹了弹。

惠美端坐着，目不斜视。前边的女人回头看了一眼，很快又收回了视线。“二十三个人……我们二十三个人，还差最后一位……”导游小丽站在过道里说。

“我记起来了，你好像在银行上班。有一次我去古街办业务……”惠美大声说。

“你记性真好，”他说，“我叫黄杨木，那时在古街实习……你贵姓？”

惠美偷偷笑了一下，嘟囔着说：“我姓王。”

“你们叫我张姐就好了，”前座的女士突然回过头来插话，“来到一个团，都是缘分。”

惠美说：“张姐说得对。”

一位大叔级的人物气喘吁吁上来了，一个方形包斜挂在肩上，拖着一个很大的行李箱。他把行李箱安顿好，顺势坐在张姐对面的座位上。

“人齐了，师傅开车。”小丽边说边往前边走，跨过一堆箱包，坐到了副驾驶的位置上。

好巧。在飞机上，他们四个仍是这样的位置。只不过大叔坐到了惠美的前边，而张姐坐到了黄杨木的前边。张姐从包里掏出一把干果给黄杨木，黄杨木说不吃。她的手一转，要送惠美。惠美也摆手表示不要。从埙城去机场的一路他们都在说话，埙城是小地方，所以很容易认识彼此的熟人。张姐和大叔就是这样，他们都是老附小毕业，班主任是同一个人。两人叙谈说，按年龄算，正好大叔毕业的时候张姐入学，这样就赶上了同一个班主任。学校校园里有一座石拱桥，这里是老文庙遗址。院子里有两株古柏，都是祖爷爷辈的。学校斜对面就是银行分理处，只是，他们上学时那里是商业局的大杂院，后来拆迁了。

黄杨木也是那所老附小毕业的，年纪大的校长是当年的小老师，他们都还有印象。张姐问惠美在哪里上的小学。惠美说：“乡下的，种藕小学。”张姐疑惑地说：“还有这样的学校？”

惠美注意到，黄杨木的脸暗了下。

“那个时候的古街还是石子路，下过雨以后都是小水洼。小孩子爱玩水，故意去踩，啪啪啪，啪啪啪，溅行人一身，也把自己弄得泥猴一样。”离飞机起飞还有一点时间，张姐和大叔有一搭没一搭地说话。她拿出照片让黄杨木和惠美看，说最近几年走了很多地方。去年去了新疆，喀纳斯和天池都很迷人。

“你看我的照片拍摄角度怎样？”她拿给大叔看。大叔伸头看了一眼，敷衍说：“风景挺好的。”

张姐对惠美说：“我们加个微信，以后也好联络。”

惠美迟疑了一下，还是拿出了手机。

大叔在整个飞行过程中一直在看资料。飞机上准备的那些资料他都翻遍了。惠美除了留心他，也留心张姐。她觉得，这情景和五年前相比真的恍若隔世。那时身边坐的都是年轻人。有个满脸疙瘩的人反复唱一首歌，引起了惠美的注意。

她住在七月的洪流上
天台倾倒理想一万丈
她午睡在北风仓皇途经的芦苇荡
她梦中的草原白茫茫
列车搭上悲欢去辗转
她尝遍了每个异乡限时赠送的糖

疙瘩脸坐在惠美的后边。惠美问这是啥歌，疙瘩脸闭着眼只顾唱自己的。黄夹克一直在翻看手机，他是个细瘦的青年，跟惠美坐在平行的座位上，他接过来说这是陈粒作曲演唱的《历历万乡》，今年才出的新专辑。惠美看了他一眼，故意说："她出了新专辑我怎么不知道？"

黄夹克看了疙瘩脸一眼，故意说："他是陈粒的歌迷，她的歌很小众，一般人不知道。"

这话说得更像善解人意。惠美"扑哧"一声笑了。

张姐正歪着身子跟黄杨木说话。你多大了？孩子几岁？银行工资是不是很高？年底有多少奖金？诸如此类。惠美吓了一跳，自己是不是已经不年轻了？在别人眼里，是不是已经同张姐一样了？惠美情不自禁摸了下脸，掌心仿佛被眼角的皱纹硌着了，她赶忙做了几个向上拉伸的动作。张姐又问惠美是做什么的，惠美说做企划宣传，被抽调出来配合防疫。因为几个月没能休假，现在轮岗，她出来透透气。

"你没他工资高。"张姐做出了判断。

惠美侧着脸不说话。她觉得张姐有些过分。

"你遇到过确诊病例吗？"大叔转过头来问，更像打圆场。

惠美赶忙说："当然遇到过，但都是境外过来的。我们每天穿着防护服，一个一个登记资料，查核信息，有时夜里两三点从机场拉一车人来，特别辛苦。"

张姐说："你没被传染上就好。"

惠美有些不耐烦，说："我们应对已经很有经验了，咋能被传染上呢？再说，若真被传染上也不会坐在这里。"

黄杨木咳了一声，说："真被传染上也早好了。那又不是什么了不起的病。"

"怎么不是？"张姐说，"你看国外死了多少人。"

惠美问大叔是干什么的，大叔让惠美猜。惠美猜大叔是公务员，大叔自称是自由职业者，包里放着的是摄影器材。大叔那样一笑，惠美就知道大叔说的不是实话。

走下飞机的旋梯，是午后两点。阳光灼热。惠美手搭凉棚朝天上看，引得张姐也停下了脚步。"你在看什么？"张姐问。

"有两朵云彩手拉着手。"惠美努力用热烈的语调说。

黄杨木在脱外套。里面穿着一件厚的绒衫，是海蓝色的，看着就细密暖和。他戴近视镜，镜片反射着七彩的光。他也朝天上看了一眼，似乎有些眩晕，很快低下了头。

"瞎说什么，"张姐说，"天这样蓝，哪里有云彩？"

二

"那个入口是不是有一群蛤蟆？"

小丽干的是夫妻店，有时自己带团，有时老公带团。眼前的这个人年龄不大，但目光老成，穿着一件很显眼的洞洞裤，披散的头发像麦芒一样闪着金光。她反复叮问细节，让小丽起了疑心。

"拜托，那是青蛙好不好？这里有许多关于青蛙的神话传说……进老城那里是入口，现在要刷脸的。"小丽说。

"过去不刷脸，"洞洞裤说，"拐过两条胡同有家叫历历万乡的客栈，你能不能订那家客栈？"

“你为什么不自己去？”

“我愿意跟你走。”

小丽爱听这话。“我们可以安排在那里呀，”小丽笑眯眯地说，“我们一直跟他们有合作……你咋知道历历万乡？”

“可以脱团吗？”她并不正面回答。

小丽怀疑地看着她，突然觉得眼前这个人面熟。“你是……”小丽说。

她点点头，说：“五年前你还是小姑娘，现在是老板娘了吧？”

小丽看了眼她的洞洞裤，说：“五年前你脱团吓我一跳……你是不是还没结婚？”

三

丽江的石板路与一般的石板路不同。磨光的石面上有五颜六色的图案，像是由众多不同色彩的小石头融聚而成。这是当地一种天然石料五花石。石板路斑痕累累，深浅不均，凹凸不平。当地人说，这是几百年来人踩马踏留下的印记。

“听，马帮又来了！”

小丽那时就喜欢大惊小怪，但团里的年轻人都喜欢她。她小小的个子，鸭蛋脸上有一只翘鼻子。她的声音好听，随便讲点什么都声情并茂。

这个团几乎是年轻人，都跟小丽的年纪差不多。她把茶马古道的故事讲得就像传奇小说。有人问起丽江的由来，她顺嘴就说：

“源于城市傍着一条美丽的江。”

“你说得不对。”

惠美出发之前做了功课，她接触的资料中恰好有关于丽江这个地名的典故，所以她显得笃定。

小丽有些慌，赶忙说：“我说的是传说，传说。美女，好了吧？”她挤了下眼，样子就像在求饶。

从飞机上拿下行李，惠美才发现疙瘩脸只有一只吉他背在背上，牛仔帽歪戴着，像个不良青年。此刻他凑过来说：“你想学《历历万乡》吗？晚上我可以弹给你听。”

黄夹克一直跟在惠美身后，细瘦的身子像竹竿打出了一条影子，就像个守护神。“喏，我给你写了歌词。”当着疙瘩脸的面，他从口袋里摸出两页纸，那上面弥漫着一股烟草味。字很潦草，一看就是在膝头上写下的。惠美大声念：

若我站在朝阳上
能否脱去昨日的惆怅
单薄语言能否传达我所有的牵挂
若有天我不复勇往
能否走完这一场……

街上人声鼎沸，没多少人听见惠美的声音。但她身边的青年是听见了的。惠美突然哽咽了，缓缓蹲下身去，像是在捂着疼痛的肚子。通透的太阳照得世间无遮无拦，像一件霓虹衣裳披挂在古老屋角的神兽上。路边的流水哗啦啦地响，窗下长着繁茂的凤尾竹和三角梅。六只木轮架起了一座小的拱桥，穿越拱桥，是叫“一米阳光”的酒吧。

小丽卖力地讲述“一米阳光”与玉龙雪山的故事。很久以前，玉龙雪山山脚下有个村子，住着一个名叫康米久美姬的小女孩。她一岁的时候阿爸跌入山谷丧生了，七岁那年阿妈也死了。牧主的儿子朱骨羽勒盘陪伴她……

“这肯定是一个凄惨的爱情故事。”有人说。

“晚上我们来‘一米阳光’喝酒!”有人嚷。

疙瘩脸撞过黄夹克来拍惠美的后背，就像拍一个娃娃。

“你怎么啦?”他关切地问，声音像唱歌一样动听。

黄夹克不知所措地站在那里，有点迷茫和无助。惠美站了起来，慢慢走到黄夹克的面前。

“你叫黄杨木，你哥是不是叫黄柳木?”

“你咋想起问这个?”黄夹克不解地问。

“哈哈哈!”惠美忽然诡异地笑了起来。

黄杨木紧着眨巴眼，不明白惠美是啥意思。

“这与情感没关系。”疙瘩脸白了黄杨木一眼，脚下踢飞了一粒小石子。

四

那些蛤蟆还在。

不，是青蛙。

可惠美一直以为是蛤蟆。

五年来惠美经常会想起那群“蛤蟆”，有大有小，朝向一致。都鼓凸着一对薄皮大眼珠，像是随时都可以蹦跳到马路上。这怎么可能是蛤蟆呢？惠美为自己的愚笨感到可笑。你是村里出来的，又不是没见过青蛙。一到夏天河边都是小蝌蚪，扭着尾巴游。游着游着就长出了四条腿和两只大眼睛。脊背是淡绿色的，摸上去滑溜溜的，像蛇。

还有一种青蛙叫气蛤蟆，遭遇敲打背部会不停地胀气，眼睛越发鼓凸，像要把自己弄爆炸一样。

这里是古城的边缘地带，小丽举着旗子先过了马路。她穿了一条短裙，裸露着滑溜溜的两条小腿。外套系在腰上，像帘子一样拍打着屁股。五年的时间在她脸上留下了印记，惠美觉得她更瘦了，也有些沧桑。惠美情不自禁又摸了一把自己的脸，五年的光阴走过，光洁的皮肤都长颗粒了。惠美在车上磨蹭了会儿，大叔拖着行李箱下去了。张姐也下去了。黄杨木弓着腰站到了下边的台阶上，“走啊。”他说。

“你先走。”惠美说。

惠美忍着隐隐的心跳，看着石板路上一长串队伍，拖着各色行李箱，逶迤。这情景多么像五年前。只是，不是。疙瘩脸再没见过。五年过去了，疙瘩脸消失了。也许他的脸早已不长疙瘩了，走在对面，也认不出了。吉他蒙了灰尘，也不再唱《历历万乡》。只不过，在惠美的心中他是永远的疙瘩脸，永生的疙瘩脸。人生就是这么诡异。五年足以改变一个人。让一个游子停下脚步。让一个漂泊的人有了居所。让一颗流浪的心有了归属。只是，疙瘩脸除外……城市可以收容无家可归的人，你可以醉卧在矢车菊与野百合中间，听哗哗的流水声；可以在狭窄的街道上看星星，那街道可真干净啊！因为空间限制，星星反而显得离你更近，如果醉眼蒙胧，似乎伸手可摘。或徜徉于昼夜无眠的酒吧，听那些古老和忧伤的曲调……只是，疙瘩脸除外。惠美最近会时常想起他。在三义机场下飞机，黄杨木对着天空说：“看，有两朵云彩手拉手!”

惠美朝天上看了一眼，确实看到了两朵洁白的云彩，像挽着臂膀朝前走。她下意识地要去挽黄杨木的手臂，又下意识地停止了。这情景恰好被疙瘩脸看到了。他一扭脸，装视而不见。但惠美知道他看见了。

有天夜里惠美还做了梦，梦见疙瘩脸在窗下弹吉他。惠美怔忪了好一会儿，才想起他真的在窗下一遍一遍弹唱过《历历万乡》。

> 踏遍万水千山总有一地故乡
> 城市慷慨亮整夜光
> 如同少年不惧岁月长
> 她想要的不多只是和别人的不一样
> 烛光倒影为我添茶
> 相逢太短不等茶水凉
> 你扔下的习惯还顽强活在我身上
> …………

黄杨木突然出来了，围着疙瘩脸转圈，转了一圈又一圈。转得疙瘩脸头都是晕的。“你要干啥?”疙瘩脸不满地问。

“一边弹去，”他指了指一〇一那扇门板，“躲远点！”

“跟你有啥关系？”疙瘩脸疑惑，他真是一个心性纯良的人，似乎满心眼都在音乐里。

“要你管！”黄杨木做出恶狠狠的样子。

疙瘩脸瞥了他一眼，收起吉他走了。

就是这一眼……让惠美记住了。

他原本就是个孱弱的人，装扮一下就像个女孩子。有要好的同学问惠美，她爱他什么。就冲黄杨木这名字，也是个枯燥乏味的人。惠美其实也很难讲清楚。黄杨木就是一直缠磨惠美，这些大家都知道，他拿出的是死缠烂打的功夫。有一次，他跟同学去贵州，到了那里才想起两天以后是惠美的生日，他马不停蹄地回来了。惠美生日的那个早晨，他捧着鲜花站到了女生楼下，大声喊：“夏惠美，生日快乐！”

所有的窗子都拉开了，一幢大楼的身体上探出来无数个脑袋，特别搞笑。长头发、短头发、黑头发、黄头发一起笑，笑声一串一串从窗框里飘了出来。

他早晨买早餐，晚上送水果，去图书馆占座位。一看见他，同学就开惠美的玩笑：“你家乖宝又来了。”

惠美也是一点一点习惯了黄杨木。没事爱摆弄他的头发，五指插进去，发丝就像水一样在指缝间流淌。能够心无挂碍地做这样的事，也是女孩的梦想。黄杨木的头发金黄，别人也许是染的，黄杨木却是天生的。他还长了张精致的脸，从一侧看，有点像“哥哥”。

同学们都知道“哥哥”是谁。每年“哥哥”的忌日，都有人去操场点成排的蜡烛。

其实，“哥哥”去世的时候他们还小，很多人都没听过他的歌。但传统是会传的，一届一届无缝对接往下传。

惠美有时会问自己：你爱的是眼前这个人，还是他金黄的头发和明星般的侧脸？

惠美很茫然，感觉自己傻傻地分不清。

毕业的时候，黄杨木毫无选择地回到了家乡，他的工作父母都安排好了。惠美不是无处可去，可她发现，她已经习惯了跟黄杨木在一起。在小小的坝城，活成另一个自己，成了责任和使命。

黄杨木一直遵守跟惠美之间的约定，不暴露两人之间的关系。从家里出来，惠美上了另一辆出租车。“我不认识你。”惠美对趴在车窗上的黄杨木说。黄杨木赶紧说：“明白。”他们有过设想，一对素不相识的陌生人，到丽江去相恋。啊，这是多奇妙的感觉，可以回味一辈子。

“你能做到吗？”

“这有何难。”

想一想都愉快，在生活中演一场属于自己的戏，就如同见识不一样的风景。这想法只有惠美想得出，也只有黄杨木肯配合。

浪漫之旅是在不愉快的情景中启程的。这一点，两个人都没想到。惠美知道自己不兼容于这个家庭，还是没想到准婆婆的反应会如此激烈。最后一个暑假，她打工赚钱买了一条项链，送给准婆婆当见面礼。黄杨木的妈妈，一个金融系统的老职工，推开玻璃窗就给扔了下去。

“一条破项链就想收买我？别说惠美，啥美也不行！”

老职工的理由很简单，黄柳木的丈人丈母都是一定级别的国家干部，她希望小儿子黄杨木也能找国家干部的女儿。所以一听惠美是村里出来的，父母都在乡下种莲藕，就说啥也不同意这门亲事。

国家干部有什么了不起？这个属性是让你干工作，又没让你上天。惠美淡淡地看着金融系统老职工，说那条项链值些钱，不是假的。说完，进了洗手间。

插上门，惠美也没有让眼泪涌出来。生活到处都是荆棘，惠美有心理准备。她从小下到田里帮大人干活，遇到过各种恶虫叮咬，她是个能吃苦、能咽下委屈的人。“你有本事就让荆棘开出花来，”她对镜子里的自己说，“就当小偷把项链偷走了，还能如何？”客厅里有些嘈杂，准公爹也是金融系统老职工，与另一个老职工不同的是，他是工会主席，级别要高些。所以惠美私下叫他“黄主席”。这称呼有些好笑，惠美就先笑了。“有话好好说，你这是干什么！”黄主席嚷了声，拉开房门出去了。老职工一声不吭。黄柳木夫妇一声不吭，他们回来是专门看惠美的。黄杨木也一声不吭，这有点奇怪。整个客厅都一声不吭。那些沙发和一应物件就像死了一样。房门肯定敞开着，谁出去了谁留下了？惠美有些好奇。她在洗手盆里洗手，搓了很长时间。水很烫，手指被搓得鲜红，像成熟的水萝卜。甩水。镜子里的脸花了。她又用手去抹，更模糊了。“种莲藕有什么不好？”惠美嘟囔，“你想看荷花得跑路。我都想回去种莲藕呢，每天睁眼就能看到大片荷花开起来，有红有黄有白有粉，每朵花上都落着蜻蜓，像画一样。蜻蜓脚下还踩着晶莹的水珠……这是神仙过的日子，不是吗？”

惠美脑子里闪过母亲在荷花丛中迎接她的画面。母亲总是一身泥巴，脚上穿长筒黑雨靴，脸上被太阳晒得冒油，也被溅上了很多泥水点子。看见惠美的身影，母亲就费劲巴力往外拔脚，急慌慌地往岸上奔，然后去做惠美最爱吃的饭菜……可她打工的钱一分也没用到母亲身上，想到这些，惠美还是无声地哭了。

这形象没法跟金融系统老职工坐一起，人家还穿旗袍呢。这样想，惠美就用力抹了下脸，她觉得金融系统老职工可以理解。

黄杨木守在门边，一直听着洗手间的动静。水流的声音和惠美的嘟囔声都让他安心。只是，惠美的眼泪他看不到。

金融系统老职工一早打了十几个电话。第一个黄杨木接了。她问惠美的电话号码是多少。他们住在同一小区的不同单元里，是黄杨木自己的房子。准婆婆高音喇叭一样的声音从里面传出来，在狭小的房间里提高了分贝。“她家有房吗？有车吗？这样的丈人丈母会拖累你一辈子，你懂不懂？我都是为你好！”话没讲完，黄杨木挂了电话。他把几件衣物收进了行李箱，拉着惠美出门。“我们走。”他说。决绝的样子像是从此不再回坝城。

出了家门，黄杨木就像断了线的风筝，只要有风，天地就都是自己的。他从小就受宠，不把母亲的话当回事。亲妈就是好，不会记仇。母亲骂了他一句“小王八羔子”，开始关心他的行程。钱够吗？穿的用的带足了吗？黄杨木通通不回。他心思都在剧情上，他要配合惠美演好这出戏。惠美脑子里都是准婆婆高音喇叭一样的声音，她觉得，无论父母如何努力，都不会达到准婆婆的要求，这可真是让人丧气。

国家干部怎么这样？惠美气愤地想。

去丽江一直是两个人的梦想，他们想在那里完成某种仪式。这个话题他们已经探讨得足够充分和深入，所以都不用临时出脚本。一个浪漫的气泡，被现实的针戳了一下。这没什么，生活就是这样。话说，有这梦想的不止他们两个人。惠美的室友，一个东北女孩，毕了业一溜烟就跑了，她说要到丽江去艳遇，再等就来不及了。

惠美不知道黄杨木报了旅行团……惠美的意思是……其实惠美没意思。

五

嗒嗒嗒，嗒嗒嗒。黄杨木就像跟石板路有仇，恨不得把每块石头都踏遍。黄色夹克像朵云一样在前方飘移，突然落了细雨，高原的天气又明净了许多。不管有多少人，他总是适时出现在惠美的眼睛里，然后回头笑一笑。惠美的眼窝一股一股地热，一个暑假付出的辛苦像块疤一样结在心上，突然就有了炎症。之前不觉得，站到这片土地上回味，惠美突然冒出一个念头：值得吗？如果自己痛苦别人也痛苦……如果这种矛盾不可调和，值得吗？惠美定住了，顿觉天地空茫，眉心像被针戳一样乱抖。这是从没有过的感觉，怀疑别人以致怀疑自己……惠美过去是顶自信的人啊。我们能走多远？目光穿越狭长的街道搜寻，黄杨木跑到了遮雨棚下，买了一瓶百果茶送了过来。“你尝尝，很好喝的。”他献殷勤地说。

疙瘩脸从后面走了过来，用警惕的目光盯着黄杨木，显然怀疑他别有用心。黄杨木心虚地缩回了手，惠美还是接了过来。

“谢谢你。”惠美说。

陌生的状态都在潜意识里，仿佛他们从没走近过，而且越隔越远。黄杨木的心里多少有些不自在，他很想对疙瘩脸大声宣布：那——是——老——子——女——朋——友！可是……可是……他忍下了。他从没违拗过惠美，现在也不会。没人的时候多肉麻的话他都说得出来。后来他想，这会不会成为惠美的借口？比如，她可以名正言顺地隔窗听疙瘩脸唱《历历万乡》。音乐会不会真的在传递什么？往复弹奏时，惠美在想什么？她从没说起过。黄杨木也没问过。他觉得，那一页应该翻过去……在这之前他不知道陈粒是谁。他比惠美更留意疙瘩脸唱的《历历万乡》，并从一些并不完整的句子找到了那首原创歌曲。他不愿意让自己显得孤陋寡闻。他爱惠美，肯为她做一切。就是这样。

惠美总有新奇的想法，为爱情加点料。

眼下的黄杨木已经有些发福了。即便站在他背后，惠美也能看见他的肚腩，侧腰处的肉溢出了皮带。机关伙食好，黄杨木总说到晚上还不会饿。可如果不吃晚饭，他临睡之前也要给自己下碗面，放火腿和鸡蛋。惠美还是喜欢他瘦的时候，被同学笑称腰能盈盈一握。那时候他的气息是清新的，嘴里有一股薄荷味。不像现在，身上混合了一股油烟和汗碱的油腻味，甚至能从发梢溢出来，他的头发总打绺。惠美也再没有把手指插到他头发里的冲动。

哦，他们不接吻了。从什么时候开始，他们不接吻了？

“洗澡洗澡！”这是惠美说得最多的一句话。黄杨木有时候听，有时候不听。

很难说清楚他们现在的状态。黄杨木无疑还是个乖宝，有名的听媳妇的话。婆婆总用这话敲打公公。“你没见黄杨木对媳妇有多好？这儿子也不知随了谁。”黄柳木夫妇在大城市居住，她眼里只有这个小儿子，她只够得着这个小儿子。他们住得不远，有时候上下班能见上面。可只有惠美知道，黄杨木越来越心不在焉。黄杨木回家越来越晚，喝多了酒就呼呼大睡。早上醒来在手机上刷了微博刷微信。实在没得可刷，才起来洗漱，然后说一句：“我走了。”

都不等惠美回应。

有一天，惠美躺沙发上睡着了。黄杨木回来惊扰了她。她没睁眼，想黄杨木会如何做，如果是新婚的时候，他会把她抱到床上。结果是，黄杨木只是看了她一眼，给她身上盖了条毯子，自己上床睡去了。

惠美是谁？

不是三千宠爱于一身的某某某吗？早上有人买早点，晚上有人送花，只要想洗脚，就有人端来洗脚水。那些温柔与温存难道都是上辈子的事，这辈子不配享用了？惠美一个人在黑暗中掉眼泪。手脚实在冰凉，自己上了床。

“你穿着正规点，不要像在学校里那样。”

“黄杨木，我们结婚才三年呢！”

“我让你穿好点，这有错吗?”黄杨木委屈地说。

“好点与正规点，难道是一回事?”惠美特别惊讶，是为他的诡辩惊讶。结婚前他从不挑剔惠美，觉得惠美哪儿都好。

惠美不怎么买贵的衣服，她喜欢那种轻松休闲而又别致的蝙蝠衫或洞洞裤。同事们都喜欢她，大家都觉得惠美别致，身上有一股特别的劲，既让人觉得新鲜，又让人感到温暖。

这股劲过去黄杨木也喜欢。自打结了婚，惠美就觉得他眼里没有她了。

也许，是过去追求惠美时用力太猛了。

反而是金融系统老职工看不惯他的转变。她跟惠美顶多赌了半年的气，就缴械投降了。有一次，她对惠美说：“你不能太信情意，男人得管!”

“怎么管?”

惠美从没有过的茫然。她的字典里，似乎没有“管”这回事。小孩子需要“管”，大人难道也需要?

“你们的存款有多少？哦，三万元。那也叫钱?”

“他的工资不交你吗？什么！自己花自己的，那还结婚干什么!”

“嫁汉嫁汉，穿衣吃饭，再论的！你有工资他也不能这样!”

金融系统老职工痛心疾首。他们住得这样近，却不知道儿子媳妇的日子是怎么过的。那一晚，她把看家本领都拿出来了，一宗一件教儿媳妇。他们结婚半年后，老职工就频频来示好，喊他们过去吃饭，跑过来收拾屋子，这让惠美非常不好意思。老职工终于明白了一个道理，儿媳妇人好，比爹娘都是国家干部重要。

她对惠美的衣柜尤其满意，连内裤都叠得四棱见方。那天她是第一次跟惠美从女人的角度交流心事，交流完，她把项链从口袋里拿出来，让惠美帮她戴脖子上。

“好看。”她照着镜子说。

惠美一点心理准备也没有，她没想到婆婆可以如此放下身段。

“当时扔下去也是一时气，不都因为你。我跟你爸吵了一早上。他一辈子衣来伸手饭来张口，油瓶倒了都不扶。‘都是给惯的你，’我说，‘除了上班开会就不会干别的。’我吼你爸：‘木桩子似的站着，还不快去找？’”

惠美眨了眨眼，当时似乎没听见这话。她已经忽略了这条项链所代表的整个夏天，和那个夏天所有的辛苦。那时她的天空是蓝的，心里轻松愉悦。惠美还有个特点，不记不愉快的事。但惠美用第一个月的工资给母亲买了条项链，母亲做梦都咯咯地笑，干活也戴着。

惠美从没怪过金融系统老职工。她觉得，他们那一代人的思想是由眼界决定的。他们几乎从没走出过坝城。

六

黄杨木走得全无用心。竖起来的拉杆箱顺着惯性朝前滑，险些跌倒，他跑上去两步，扶住了。临来之前还跟惠美怄气，说：“你又买洞洞裤，你不知道自己多大了？”

“我天天穿洞洞裤，你可能从来都没留心过。”惠美轻声说。

“你这话是什么意思！”他一下子急了，“我整天辛辛苦苦为了谁，还不是为了这个家?!”

惠美困惑地望着他，不明白他怎么会说出这么老成的话。

“你就是瞧不起我!”黄杨木突然愤怒了，“你一直瞧不起我!夏惠美，你以为你是谁? 爹妈不过是种藕的。你可不可以别这么虚伪!”

说完这话，黄杨木摔门而出。那张胖起来的脸像没发起来的面团，有一种由内而外的僵硬。惠美看见他的眼睑直抖。这个时刻还是来了。惠美像被风干在沙漠里的鱼，焦苦而又干渴。有一股风冲撞过来，惠美脚下一踉跄，眼里雾气蒙蒙。房门闭合的声音震天响，惠美吓得堵住了耳朵。惠美喜欢洞洞裤。这不重要。或者说，没有那么重要。惠美知道，黄杨木也知道。惠美知道黄杨木知道。黄杨木也知道惠美知道他知道。总之，洞洞裤不是原罪，它不过是情绪的替代品。别致、自由、单纯、青春，能让身体透出风来。这是惠美的解释。她曾给黄杨木解释，得到的只是黄杨木的讥笑。“你哪里有风需要透?”他乜斜着眼，有一种令人绝望的轻贱。就是这个神态，让惠美心头一凛，也让她不打算改变自己。早些年，黄杨木喜欢说在酒桌上听来的黄段子。那些令人捧腹的谐音梗或直白表述，惠美也陪着笑一笑。但惠美不爱听。慢慢地，他也不爱说了。他们坐一起吃饭，他甚至不抬眉眼，仿佛面前坐着的是个陌生人。惠美想不出哪里出了问题。有一天接到了一个电话，有个男人在电话里说：“管好你老公……你得小心点。”惠美想问句什么，对方把电话挂了，随后是关机。

“这是打错了。”惠美对自己说。“这是打错了。”惠美对黄杨木说。

“遍地都是神经病。”他并没有多说什么。

他对这个号码毫无兴趣。惠美心宽一下，又紧一下。就是那天夜里，她做了个梦，梦见一个妖娆的女人手牵一儿一女来认亲。她把这个梦跟黄杨木说了。“有趣。”黄杨木这样回答。

“选择丁克是我们共同的决定，”惠美说，“你若后悔还来得及。”

“后什么悔？”他咕哝着翻了个身。

世间所有的言语，都不如这句“爹妈不过是种藕的”让惠美觉得受伤。当年从金融系统老职工嘴里说出来，惠美只觉得真实，不过说了一句实话。现在不一样了。惠美听出了黄杨木语调中的轻贱，这让她觉得耻辱。

“他们是种藕的，不错。我好像从来也没瞒过你，你上大学的时候就吃过。”

这话说出来已经没了听众。惠美慢了半拍。

新上身的牛仔裤吊牌还没摘下来，在腰处晃来晃去。穿衣镜里映出她略显憔悴的脸，她这段时间一直在上夜班，身心都很疲惫，她买新裤子就是想提振一下精神，她已经不开心许久了。

她没想到黄杨木会说出这样的话来，这种情绪和情感都不可调和。惠美从来没想过黄杨木会认为自己瞧不起他，也从没想过在黄杨木的眼里自己是虚伪的代名词。

种藕人家的女儿，莫非就不配穿洞洞裤？

“你怎么可以这样说话？”惠美感到扎心。面孔逐渐扭曲，胃疼似乎复发了。

黄杨木很晚才回来。惠美在床上躺着，十指交叉垫在脑后，脸朝向屋顶，仍穿着那条洞洞裤，只是没了吊牌。拖把就戳在床头柜的旁边，布头上已经失了水分。台灯的光晕映着惠美清白的脸，惠美一动不动。她拖了一半的地，跑出去，回来时，觉得精疲力竭。

“你咋了?”黄杨木有些心虚。但他没有道歉的打算，他觉得，自己无歉可道。

“我去旅行社了，”惠美坐了起来，穿拖鞋时腿似乎抽筋了，她用力甩了甩，“我们去趟丽江吧，还是那家旅行社，我报了名。”

“好好的，去什么丽江。”黄杨木背过身去说了这句，他有点不好意思面对惠美。

前边就是卖百果茶的遮雨棚，五年过去了，它居然还在。居然还在。惠美看见黄杨木犹豫了一下，拿出手机扫码。而五年前，他使用的是现金。有些东西再也回不去了，就像天上的那些云，有来有往，来来往往，但你找不到你曾经见过的那一片。就是这么回事。五年前手拉手的那一片云，去了哪里？也许早就被风吹没了。或者变成了一滴雨，落在了横断山上，或金沙江里。有一天，黄杨木突然想不起应该怎么称呼现金，他要出去买早点，手机忘了充电。他问惠美是不是有……他用手指比画：“实物钱。”

他把惠美问愣了。惠美问啥叫“实物钱”。她从包里拿出几张人民币，问：“是不是现金?”黄杨木恍然，赶忙说：“对，是现金。”

"你在银行工作，居然连现金都忘了。"

"我们都不叫现金，叫把子。你有几张把子？"

百果茶拿在手里，黄杨木不准备走过来。大叔从他身边经过，奇怪地看了他一眼。"这东西挺甜的。"大叔说。

黄杨木站着等惠美，惠美走了过去，无声地接过了百果茶。张姐说："这东西会胖人的。"

惠美拧开盖子喝了一口，没有想象中的那样甜。

历历万乡，居然住历历万乡！

疙瘩脸很激动，他需要平复一下自己的激动，摸出烟来点火。他还是一个抽烟的人。他想让一支烟给身边的黄杨木，黄杨木看也没看他，拒绝了。

只抽了一口，他就把烟摁灭了。疙瘩脸仔细地把烟包裹起来，放到了衬衣的口袋里。

"真节省。"惠美说。

"不，我已经发誓不抽了。放在心口上，意在提醒自己。"

小丽麻利地收身份证，办入住手续。

"这里为什么叫历历万乡？"他问年轻的小老板，脸因激动而潮红，疙瘩尖上都要滴出血来。

"不为什么，"小老板眼睛盯着电脑，头也不抬地说，"想这样叫，就这样叫了。"他觉得奇怪，突然抬起了头，发现疙瘩脸背着吉他。又说："我们与那首歌没关系。"

疙瘩脸失望地"哦"了声。

惠美不希望这是小老板的最终回答，这样的回答不美好。

"《历历万乡》真好听，"惠美安慰似的说，"词好曲也好。"

庭院里鲜花盛开，小桥下有流水穿花丛而过。那桥可真是小，只有鞋盒子大。但仍有人在桥上观风景，那人穿着青色长衫，手里拿把折扇，是一辈古人。大家安顿好了以后，窗下就响起吉他声，《历历万乡》舒缓的节奏像花香一样弥漫。树木花草在听，流水在听，穿长衫的古人也在听。这小院里住着的人都能听得见，但黄杨木不乐意，把疙瘩脸赶跑了。

"美女，你要的历历万乡到了，"小丽晃了下小旗子，指点着那块黑地金字牌匾，俏皮地说，"咱说到做到，这下你满意了吧？"

惠美有些窘，情不自禁看了眼黄杨木。黄杨木装作无动于衷。

"你来过这里？"张姐凑过来问。

惠美说："五年前来过。"

"重复来一个地方，有什么意思呀？"张姐不屑。

"故地重游也好，"大叔打圆场，"每次来都会有新的发现。"

惠美的注意力在黄杨木身上，电脑正在录入个人信息。"一〇一留给夏惠美，我住一〇二。"

"大家收拾收拾，可以自由行动，"小丽说，"今晚睡个好觉。我们明天一早去泸沽湖，到那里体会当地风俗。"

五年前和五年后小丽说了相同的话。

七

去洗手间，洗手，喝水，吃了根香蕉。两人做这些几乎都是同步。惠美稍微迟了些，开箱子拿出化妆包，给嘴唇涂了点颜色。她没想到黄杨木订了两间房，跟五年前一样。五年前黄杨木想订一间，惠美不依。

“一个人住害怕吗?”黄杨木进了房间就给她发短信。

“不怕!”惠美憋住笑回道。

而今惠美下意识地看了下手机，没动静。再看，还是没动静。惠美突然有种无力感，她觉得自己似乎被整个世界抛弃了。

多花一个人的住宿费，这难道不荒谬?惠美的气顶到了喉咙，暂时忘了这一套预案都是自己设计的，黄杨木不过是配合和执行。他总是听惠美的话。“我们要装作陌生人，然后你到丽江跟我求婚。”五年前就是这样矫情，制定和实施细则都有案可查。那些铅笔写的实施步骤现在还夹在某个日记本里，有两个人郑重其事的签字。那时黄杨木恨不得贴在惠美身上，目光黏稠得像晒化了的糖。但现在跟五年前不同了。五年前他们回去就有一个盛大的婚礼在等着。黄主席和老职工的想法很简单，带了人家闺女出门，就要对人家负责任。这不是女方一个人的声誉问题，他们家的声誉也同样重要。来宾说，这是埙城最漂亮的婚礼，从拱形月亮门到台上搭成长廊，十几米的路段被鲜花铺满。新人在里面穿行，真像童话里的人物。惠美不喜欢如此奢华，但她说了不算。她私下觉得鲜花的寓意并不好，这种无根花，哪里能长久。眼下惠美坐马桶上想那场婚礼，仍觉得亦真亦幻，羞愧难当。父亲母亲不适合这样的场面，窘得就像没见过世面的孩子。让母亲当众讲话时，母亲差点哭出来。她无论怎样都推辞不掉。她比婆婆小两岁，看上去却像大了十岁。这些也许都像负面情绪可以累积，黄杨木从始到终都没表现出快乐。事后他解释是因为劳累和紧张，惠美没有深究。惠美觉得，深究那些已经没有意义。

打量这家客栈，五年前她住过。好巧，又订到了这一间。这屋里说不定还残留着她以往的信息，她使劲吸了吸鼻子。生活就是由一个又一个圆组成的。好比你做成了一件事，就闭合了一个圆。你的“圆”多了，人生也就圆满了。可婚姻呢？是不是像树木的年轮一环套一环？一环比一环大，抑或一环比一环小，看你从哪个角度看。这房子的空间似乎变大了，墙角过去有个柜子，不知啥时候挪走了。玄关处多了个穿衣镜，与床头柜上方的镜子相映衬。床上堆积成山。这床很软，躺上去就像陷进泥淖里，确实不适合住两个人。人没过去，心却到了那边。黄杨木在干什么？在床上打开四肢，说不定在慨叹自由多么好。围城里的人都想出去，这是钱钟书说的。五年已经很久了。这样想，身体竟蠢蠢欲动。他不关心我在干什么。惠美生气地想，他没有征求我的意见就订了两间房，他未免太遵守约定了。

耳边忽然传来隐隐的吉他声。惠美烦躁地翻了个身。

“疙瘩脸去了那边，”黄杨木朝左指了指。“我们去那边。”他朝右指了指。他对疙瘩脸的成见就要爆棚。哎，他不过就弹了支曲子。惠美不以为然。“你不觉得那首歌好听？”“不好听。”黄杨木一点也不客气。随后泄气样地弥补了句：“你喜欢就好。”

“你在飞机上可没这么说，”惠美觉得好笑，“你还说你是陈粒的歌迷。”

这里是一个“Y”字形的街道，他们选择了人少的那一条，仍然是开满鲜花的路，耳畔是哗哗的流水声。这条街上的店铺卖茶或手工艺品，与热闹和喧嚣的另一条街相比，这里显得幽静雅致。

“世界上怎么会有这样美妙的地方，什么季节来，都像春天一样等着你。”惠美说。

“我妈那人不难搞。你不要把她说的话当回事，”黄杨木细瘦的脖子灵巧地转动，他仍对家里发生的事情耿耿于怀，似乎这时才觉出解释的必要，“你就不应该给她买项链，她的抽屉里有很多项链。”

“你有没有谈过恋爱？”在惠美的心里，那事已经翻篇了，她不愿再提起。

“谈过呀。”

“跟谁？”

“那是个养藕人家的女儿，生得像莲花一样，出淤泥而不染。”黄杨木说得煞有介事。

“你把末后那句去掉。”

“染？”

“句式太老了。”

他们像鸽子一样咕叽咕叽地笑。笑闹够了，黄杨木突然说：“你等着。”

双肩包在他背上颠，他往回跑了几步，进了一家店，出来时捧着一个锡纸盒。“姑娘，请问你吃烤榴梿吗？”

“哎呀！”惠美想不动容都装不出来。对于她来说，榴梿是世界上顶级的美味了。“我最喜欢吃榴梿，但烤榴梿还从没吃过。

你是怎么发现这稀罕物的？”

“我先是闻到了榴梿的气味。心想，这个气味多难闻呀！烤榴梿就更难闻了。但旁边的姑娘也许喜欢，瞧她长得多美。长得美的姑娘都喜欢臭味，这是客观规律。”

“去你的客观规律。”

打开锡纸盒，热烘烘的香气扑面而来。“哎，你尝尝，世界上都不会有比这更美妙的味道了。”惠美剜了一勺子，往黄杨木嘴边送。黄杨木拧着脖子躲开了。“世界上居然还有这样奇怪的人，不知道美味是什么。”话剧腔说完，惠美甜美地笑了。

“我们交个朋友吧。”黄杨木看着她，镜片后的眼睛熠熠放光。

“好呀，”惠美咧着嘴，被榴梿烫着了似的，“吃了你的榴梿，当然要做你的朋友。”惠美说得嘻嘻哈哈。

“是女朋友。”

“好吧。”

“让我们拉钩。”

“不拉，”惠美扭过身去，“拉钩是会生小孩的。”

上学的时候大家就爱这样说笑话。只要看见男生女生拉手，准有人打趣说：“拉手是要生小孩的。”

八

大叔和张姐在惠美和黄杨木的注视下朝右走去。大叔脖子上挂着相机，有很长的镜头。张姐换了条色彩鲜艳的裙子，脚下蹬着显眼的高跟鞋。她戴了帽子和墨镜，就像换了个人。

他们两个俨然是老熟人。

“那边是玉河广场，”惠美说，“这样的路穿高跟鞋不好走，张姐你可要小心崴脚。”

“我这条裙子有些长……”张姐张开裙摆看，“我穿成这样是不是有点像布依族人？一起去遛遛吧。”张姐说。

“我先到那边去转，”惠美说，“回头再到这边转——布依族的服饰不是这样。”

“别走远，小心迷路。”看着前边的黄杨木，张姐狡黠地挤眼。

任何一条街都能通向四方街，这很明确。五年前他们就是随便选了条忠义巷，一路走，发现了很多好玩的事——兔子怀抱里种了草；酒吧窗上画满了骷髅头；小和尚抄着手打坐在花瓶旁；鲜花饼的香气就像粉扑子，熏得每张脸似乎都能啃。仍是这条忠义巷，像是变了又像是没有变，记忆中的一切还是那么鲜亮，可总是觉得少了灵动与活泼。也许是因为自己这颗心苍老了。他们发现了那个怀里种了草的兔子，已经是只老兔子，体量显得小，也不似过去那样白。惠美指点什么黄杨木看什么，其他时间则不发一言。惠美也开始百无聊赖，那些轻的重的、真的假的话剧腔都无法说出口。黄杨木成了一个熟悉的陌生人，在芬芳的街头，像是一个怪物。他这次不想出来，整天上班忙得焦头烂额，年假那几天就一直睡大觉。惠美别过脸去，他就知道不出来不行了。

他从来也不违拗她。

“你到底想要什么？”他越来越搞不懂她在想些什么。

惠美看着他，不回答。惠美的答案都在眼睛里，她明亮的眼神不知什么时候有了云翳，他忽略她太久了。

“许愿的那个木板风铃，”惠美说，“我想看看还在不在。”

“神经，”他说，“两千公里跑过去看一眼风铃？”

这道理可真是个道理。

可从惠美的眼神中，他看出了道理不是道理本身那样简单。她坐在床边，感到索然无味。他看她总是索然无味的样子，像是要抑郁了，他也不开心。他知道她在工作的时候是开心的，是他们彼此之间出了问题。

“好吧好吧，我去我去，”黄杨木努力掩饰着无可奈何，“我们还玩那个小把戏，我配合。”

他们错过了一家烤榴梿的店，因为方位不对，不是过去那家。过去那家离四方街很近，惠美捧着锡纸盒站到了四方街的中心，吃得心满意足。

彩石铺地，清水洗街，日中为市，薄暮涤场。这是对四方街的描述。传说四方街是木氏土司按其印玺形状而建，是茶马古道上最重要的枢纽站。历史中的某一段时期，日本人切断了中国海上通道，切断了滇缅公路，丽江成了中国与外部世界物资往来的重要窗口。四方街上都是往来穿梭的马蹄声。时间跨越到二十一世纪的某一天，从北方来到这里的夏惠美端着锡纸盒吃烤榴梿，吃出了生活中所有的甜美滋味。

竹竿似的黄杨木站在旁边看着她吃，眼里都是情愫。那是夏惠美人生中最幸福的一刻，像幅画一样定格在记忆里。

黄杨木头上冒着虚虚的汗，早早找块石头坐下了。太阳白花花地晒下来，他觉得头都要被晒晕了。高原的太阳自有其威力，傍晚时分仍有很强的紫外线。眼前都是兴致勃勃的人，他乜斜着眼睛看五彩人流，不明白他们怎么有那么好的兴致。

五年前他也是好兴致的人，在酒吧听歌听到很晚，啤酒喝到烂醉。转天一大早，他和惠美赶在太阳升起前来到了玉河广场。听人说，许愿要趁早。愿望要和着太阳升起的节拍才灵验。这都是他们反复研究过的，而且一定要虔诚地实施。小丽先是给惠美打电话："美女，我们今天要去泸沽湖，你起床了没有?"

惠美说："我不去泸沽湖了。不好意思小丽，忘了跟你说，我还要在丽江玩一玩。"

"回来还有机会。"小丽说。

"机会还是要趁早。"惠美抿着嘴笑，把秘密都留在了心里。

"你当真不去?"小丽有些吃惊，"泸沽湖，神秘而又传奇，许多人是到那里圆梦的。还有正宗当地人的饭菜，你为什么不喜欢?"

惠美说："不是不喜欢，是以后还会有机会。"

小丽又给黄杨木打电话，黄杨木也这样说。"惠美是不是和你在一起?"小丽问。

黄杨木呵呵地笑："只能说，她让丽江迷住了。"

"都是神经病。"小丽挂了电话后说。

眼下他看着在人流中穿梭的惠美，有点恍惚。他越来越觉得摸不准她。吃不愁、穿不愁，可每天她就是不开心。下班回家先看她的脸，若是晴着这一天都不觉得累。神仙也不知道她每天都在想什么。她的想法随气候或风向变。相恋的时候黄杨木就爱猜闷，猜中了就像中了彩一样高兴。惠美就是一个谜面，怎么猜都不够。上了点年纪就觉得猜闷也累人。“你有什么要求告诉我好不好?”当然，洞洞裤除外。有一天，金融系统老职工对黄杨木说：“你媳妇穿坏裤子，是不是连条好裤子都买不起?”黄杨木说：“妈你别管，她穿的那叫时尚。”老职工说：“时尚也不能穿破的，不合我们家规矩。”家里有啥规矩黄杨木也不知道，可他觉得这是小事，没必要因此费唇舌。好比有人说你这件衣服不好看，你何必非要穿，又不是只有这一件。

“还有，”老职工问，“她为啥总不怀孕?”

黄杨木不敢说“丁克”的事。在坝城这样的小地方，这会成为大新闻。老职工也会闹得满城风雨，在他们的观念里，生儿育女就是天经地义的事。

黄杨木叹了口气。女人都是神兽，总有奇怪的想法，让他疲于应付。他曾问过惠美为啥不想要小孩，惠美说，怕麻烦。好吧，他也怕麻烦。他比惠美更怕麻烦。本质上，他们自己都还没长大。他啥也顾不上。身上没力气，脑子也转不动，他就想睡一觉。他隐约记得烤榴梿的事，但他不觉得与自己相关。

我头晕，让花香熏着了。他对自己说，我什么也想不起来了。

那个烤榴梿的味道瞬间成了拯救生命的唯一食物。若是不吃上一口，下一刻就要转世。惠美知道是自己在夸大情形，可有什么办法呢，这个时候她没法让自己理性，她就是个极端情绪化的人，有时候是天使，有时候是魔鬼。她转着头到处看，那家店却隐匿了。她找不到那家店，就觉得生无可恋。惠美越走越上火，她觉得，整个世界都在跟她过不去，烤榴梿的人也欺负她。黄杨木瘫了一样靠在树下，撇着两条腿。她一眼也不想朝那里看。五年前的话剧腔只是一个梦，醒来就只有一个长了肚腩的男人，让人觉得油腻。“不爱了，不爱了，不爱了。”鞋底“啪啪啪”拍在五色石板上，就像拍在心上那样疼。惠美确实觉得那些爱都变成水流走了。一天流一点，一天流一点，五年足以让自己变成空心人。街上那样多生机勃勃的人，没有谁像黄杨木那样作为一个胖子瘫倒在一块石头上，身后靠着一棵树。打远处看，他就像那棵树多出来的一部分。没有比这形象更影响市容的了。惠美往巷子深处走，这样一直走下去也许会见到玉龙雪山。惠美越走越快，越走越快，突然看到了一堵白墙，小丽卖力地讲述“一米阳光”与玉龙雪山的故事。“很久以前，玉龙雪山山脚下有个村子，住着一个名叫康米久美姬的小女孩。她一岁的时候阿爸跌入山谷丧生了，七岁那年阿妈也死了。牧主的儿子朱骨羽勒盘陪伴她……”

惠美一下愣住了。通透的阳光有了浓重的暗影，阳光也疲累了。阳光也有疲累的时候。惠美知道这是五年前的情景。五年的时间改变了许多东西。但故事没有变，那个叫康米久美姬的小女孩没有变，那个叫朱骨羽勒盘的牧主儿子也没有变。惠美摸了摸快速跳动的心脏，奇怪自己这是想干什么。难道只有他变了？难道自己想把黄杨木一个人丢在街头？“我的朱骨羽勒盘……”惠美突然感到强烈的不安，撒腿跑起来。她想，黄杨木也许不是累了，是病了，高反了，心脏病了……胖子心脏都不好。虽说他还不是严格意义上的胖子，但他系数小，过去像竹竿一样瘦……四方街刚洒完水，瞬间像蘑菇一样冒出来许多人。每个人都是一副喜气洋洋的热烈模样，仿佛下一刻就会有奇迹发生……丽江就是一个见证奇迹的地方，不是吗？她遥遥看见石头上坐着一个人，是一位上了年岁的阿婆，穿着花色鲜艳的衣裙，头戴凉帽，正轻轻捶着腿。她恍惚觉得那就是年老的自己。半个多世纪后，自己也坐在那块石头上，捶腿、等人……等的那人是谁？黄杨木从他们曾经走过的巷子出来了，手里托着一个闪着银光的锡纸盒，就像托着宝物一样。

惠美瞬间没了走过去的冲动。她的气被泄掉了，她又成了一个空心人，她倚在墙角，想自己其实是一出悲剧的主人公，父母都是种荷花的人，每天泥里水里。他们从不让自己下田，把她养得像莲花一样娇艳。

她是父母心中的荷花仙子，在别人心里却什么也不是。黄杨木居然说他们是种藕的！

他就知道吃！

她拧了自己一把，一盒烤榴梿又算得了什么！

“趁热吃，趁热吃。”黄杨木看见了她，晃着肩膀朝这里走，不晃肩膀他就走不动路。他“呼哧呼哧”喘得厉害，边走边打开了顶层的锡纸。“比过去那家烤得好。”

他用鼻子吸了吸，说发现自己也不怎么排斥这个味道了。

“我怎么没找到？”惠美平淡地说。

“我就知道你找不到，”黄杨木说，“这就叫该谁买谁买，该谁吃谁吃。”

惠美看了他一眼。树下坐了一刻，黄杨木似乎哪里有了不同。哦，他头上落了片树叶，被汗水黏住了。

他们都没有说话剧腔。说话剧腔需要心情。

这一晚他们去酒吧喝酒，黄杨木很快又喝多了。看得出，他心情不悦，惠美其实也难说好。欢闹和火爆的场面并没有感染他们。惠美嘴里的焦苦味道越来越浓，她用一杯洋酒把自己灌倒了。

他们歪斜着走出酒吧，街灯比星星还要璀璨。惠美觑着眼睛看整条街道流动着的色彩，她就想这样醉一次，然后醉卧在哪里，就在哪睡个明白。凉风一吹，她的醉意浅了些。摩肩接踵的人流都像无家可归。这是座不夜城，像是要热闹到地老天荒。“明天一早你就知道什么是寂寥了，”黄杨木摆动着手脚，在灯影里像个庞然大物。“你来这里到底想干什么?”

“我们好像不相爱了。”惠美叹息着说。

清冷的空气激出了身上的冷痱子，惠美看见黄杨木激灵了一下，但没有回头。“有些话不用说出来，”他说，“说出来就俗了。”

星星像冷痱子一样细小而稠密。那片荷塘长在了天上，看上去无垠。惠美忽然落了眼泪。

九

“我想收回那个木板风铃，”清晨的街道果然冷清，只有清洁工人在辛苦劳作。惠美说，“许下的愿望不合实际，不要让它成为羁绊。”

“谁的羁绊?”

“大家的。”惠美仰着头说。

“你的意思是……”黄杨木艰难地说，“我们过到头了?”

惠美说：“将来有一天，我也许回乡下去种藕。”

黄杨木一下沉默了，他懂惠美话里的意思。

“嫁给我吧。”黄杨木煞有介事的样子让惠美觉得好笑。他手里那朵花是路边偷来的，像枚硬币那样小。黄杨木捏着它有些费力，总害怕一不留神给捏没了。那花的淡红色有些像胭脂，眼下染到了惠美苹果一样的脸上。旁边有个四五岁的小女孩当看客，不远处一群大人在跳东巴舞。抬脚，旋转，很多动作都是模仿动物的习性。东巴舞反映的是随畜迁徙、以鸟兽为邻的原始生活，有很强的节奏，像是他们的这场求婚仪式的背景音乐。

“你说我该不该嫁给他？”惠美歪着头问小女孩。小女孩说了声“该”，转身跑了。

风吹了过来，许愿长廊上的铃铛一片脆响。那响声能让一颗干燥的心盈满水分。这是东巴许愿风铃。据说叫天天灵，叫地地应。上面是一顶小草帽，似是能遮风雨。东巴许愿风铃源于茶马古道上的马帮，铃声就是来报平安的。木板的一面是神奇的东巴文，另一面能容下五十个字。惠美说：“我们写点什么？”心底的愿望太多了，他们曾你一条我一条列在纸上。黄杨木不答，用自己带来的笔规整地写下：“我们一生一世在一起，永远不分离。黄杨木。”他把名字签到下边，上面给惠美留了地方。“我们家，是母系社会。女性永远是第一位的。就像泸沽湖一样。”他正色说。

“小儿科。”惠美对许下的这个愿望不满意。她另有想法，而且肯定不会如此俗气。但她知道这是黄杨木的愿望。如果从高中算起，他追了她足有五年。考学时他就是瞄着她的志愿填报的。

她爱他只有一年多一点。黄杨木从不掩饰对惠美的爱恋，即便许多人一起，他的眼里也只有惠美。

惠美拿过笔签下名字，黄杨木站起身来做了一个奇怪的造型，兴奋和幸福难以言表。他一下抱住了惠美，在她耳边用力喊了声：“老婆！”

“我只是觉得……”惠美不知道怎样解释才好，“这样约束对你不公平。”

“是你觉得约束吧？”黄杨木嘲讽。

“我会觉得约束吗？”惠美像是问他，更像是在问自己。

“你凭什么觉得我受约束？夏惠美，你太自以为是了！”

黄杨木突然炸了，脸色惨白，额头上有一层虚浮的汗。“你就是自以为是。你总是自以为是！生活是一天一天过日子，不是过家家，不是演话剧！你不要总用自己的标准要求人，不要总用婚前的标准要求我。夏惠美，我不是机器人，没法按照规程由着你操作。我受够了！”黄杨木怒目而视。惠美有些恍惚，黄杨木的指责让她一阵战栗。她知道他误会了。“我只是想收回木板风铃，不让它成为羁绊，这有错吗？”惠美真的困惑，她轻声说。

黄杨木抹了一把脸，就像把什么东西褪下来。“随便你。”他重重地说。

“我们把愿望留在心里就够了。可以朝那个方向走，走多久都是缘分和造化。收回木板风铃是因为许下的愿望不客观，我没有别的意思。”惠美都要低声下气了。

黄杨木气呼呼地喘气，说：“你不信任我。”

“我不信任我自己。”惠美脸上的痛苦像极了受难的哲人。

张姐适时发来了一张照片——泸沽湖像一面平展展的镜子，倒映着云影鸟影，大群黑白相间的海鸥从镜头前掠过，湖面宽广得一眼望不到边。张姐又发来一条语音：“这样美好的地方你不来，你来云南干什么呢?!”

广场永远热闹和喧嚣，永远不缺少音乐和跳舞的人潮。跳舞是布依族人的生活方式，就像吃饭、睡觉一样。他们站在许愿长廊前惊呆了。五年前的长廊像幅画，木板风铃像刻意摆拍一样分布均匀，他们特意选择了空旷些的地方，这样铃铛可以自如地享受风的吹动。而这五年，来了多少许愿的人哪！风铃挤挤挨挨，密密麻麻，厚厚实实，层层叠叠。几千几万个铃铛纠缠在一起，就像在抱团取暖。若想找到自己系的那一个，比登天还难。两人情不自禁互相看了一眼，都有些动容。惠美走到长廊底下，突然伸手摇动了那些铃铛，清脆的响声像天籁一样。她一直朝前走，手举在头顶上，那些铃铛温润沁凉的触感让眼睛盈满水分，木牌上的字都模糊了。

“希望番茄每一年都到这里来。那她每一年都会和杨靓在一起。是，一定会的。也希望番茄开心健康。我超级爱你啊!”

“七月七，七年整。顺顺利利，身体健康。”

“我、老公、弟，事业上升。钱越赚越多!”

“永远童心，永远不老，永远爱你!”

“多幸运才能遇到温柔的你。可以包容我大吼大叫，可以和我讲道理。我保证这些毛病不会再犯了，谢谢你的不记仇和坚定地爱我。我爱的人会一直是你。”

“三年来的情人节我们都是一起过。我会永远陪着王兴银过每一个情人节。”

“今年好运，家人安康。我们永远在一起……”

黄杨木也走到了长廊下，抻着脖子看木牌，看了一个又一个。看着看着眼睛就湿了。那些情绪多么熟悉。那些文字多么眼熟。有那么一瞬间，他像沐浴在爱河里，物我两忘。他突然“啊”地发出了一声叫，把惠美吸引了。见一个木牌上写着：“我们一生一世在一起，永远不分离！”落款是两颗小红心和英文名字。这木牌重复了他们曾经说过的话，但分明不是他们写的。

天近正午。

瀑布守门人（外一篇）

——本文致敬老田

戈　舟

在丽江古城一家略显冷清——其实就是寒碜——的客栈，我见到了郭老师。客栈藏在窄巷深处，三层阁楼的楼顶上有着简陋却宽敞的露台，攀爬其上，可以远眺苍山与雪峰。郭老师说客栈的男主人来自玉门油田，算是与她有着乡谊。

“他给我打了八折。”她说。

“旅游淡季，估计所有买卖都会打八折吧。”

“不要总是怀疑别人的善意，你这样的心态要不得。”

“好吧，可你还是欠费了，人家给我打了电话。”

“这是另外一回事，和八折没关系，就算五折，也不能欠着。”

“没错，是这个理儿。”

郭老师躺在露台上的摇椅里，双手捧一只巨型的保温杯。她不断地拧开杯盖，嘬一小口，水很烫，她嘬得非常谨慎。我努力不去盯着她看，否则不免要焦躁。拧开杯盖，拧住杯盖，其间加着一个顶多沾湿嘴皮的嘬饮，如是反复，让嘬水显得格外小题大做，也让拧动杯盖显得格外徒劳无功——如同人与世界的关系，彼此映照，都显得过分夸张。

凡事不可落差过大，否则只会让一切没了真实感。

郭老师则怡然自得，偶尔将嘬进嘴里的茶叶吐回杯中。

“无论如何，人家让我省了不少，”她说，“这些天下来，是一笔数目不小的钱。”

我不想与她争辩，她省下的这笔钱，不够我买飞一趟丽江的单程机票。她现在看上去是难得的满足与松弛。

昨天黄昏却是另一番情形。我出现在客栈门口时，她是飞奔着从三楼冲下来的。她在凭栏眺望，等待我的到来。就在我们拥抱前的一瞬，她克制住了自己，只是有些不情愿似的跟我浅拥了一下。

她说：“你给我带新手机了吗？”

我觉得这很了不起。我办完离婚手续的那一天，她打电话给我，让我给她网购“钟薛高”。彼时我站在民政局的办事大厅外，正想着是否要与前夫南辕北辙地走一个反方向——这会让我多绕半个城的路。郭老师的电话打进来，用那种唯吾独尊的口气说：

“罗音，你知道有款很红的雪糕吗？”

她从自己的朋友圈获得了新知，不甘落在人后。当然，后来她也找补了，说：“天那么热，我觉得一款当红的雪糕才是对你最好的安慰。”

我很快搞清楚了状况。其实店主在电话里基本上已经跟我把事情说明白了。这是位中年汉子，长发在脑后扎住，胸阔肩宽，像下一秒就将撑破紧绷绷的衬衫，嗯，有文艺范儿，更有股玉门油田人的气势。站在客栈的回廊下，他又将电话里说过的内容重复了一遍，大意是：你母亲的手机丢了，如今举步维艰。

我问他："古城买不到手机吗？"

"当然可以。"他瓮声瓮气地说。

"其实你可以先帮她买一部的，是吧？那样，她就能用手机转账给你了。"同样的话，在电话里我已经跟他沟通过，而且还提议由我先给他转一笔钱来应急。

"我也是这么想的。"他说。

"那为什么不呢？"

"我拗不过郭老师。"他的表情很无辜。一条雄壮的汉子，配上这种表情，令人颇有好感。

我去直面郭老师。她上了露台，很明智地给我留下了一个求证的步骤。

"跑这么一趟，你是不是很不情愿？"郭老师说，"他告诉你我有多倒霉了吗？"

"丢手机挺正常的，"我说，"就像我小时候周围人总是丢自行车一样，越是必需品，越容易丢吧。"

"你是在贬低我的困境吗？"郭老师面无表情地说。

我的情绪不好。我奔波得很辛苦，从西安飞来丽江，不能算是一件轻松的事；还有，候机时接到的一个消息也令人不快——一位"卧底"的同事告诉我，我在公司一个重要的考核中落败了，上级部门的理由是：同样的荣誉我已经得过三次了。我不知道这个消息和郭老师丢了手机相比，哪一个更糟糕些，但我知道，郭老师将如何表态。她会说出格言一般的警句，譬如胜利从来不会给胜利加分。不是吗？听起来有些道理，如同"失败是成功之母"

那般颠扑不破，而且，也符合一个母亲良善的教导。但我还是愿意她替我骂街，替我鸣不平。

眼下的状况并不让我意外。我知道自己的亲妈是怎么回事，同时我也惊讶于自己如今的随遇而安——这的确是一种能力，说是一种品格，或许也不为过。这么想想，考核的不公也算不了什么了。三十多年来，在郭老师持续的教育下，我还是有长进的。

我也用一种说出格言警句的腔调回答她："当然不，对于微弱的个体而言，没有任何一个困境是可以被贬低的。"

以格言的句式说话，证明郭老师已经平复了她的慌张，或者说，她再度寻回了对我的心理优势，尽管这次是我来驰援她。

郭老师问我看出来没有，那条玉门汉子对我的到来颇为开心，这个男人很乐于接待我这样的客人。"他知道你独身。"她不动声色地说道。她说自己待在这里快半个月了，不免要跟人聊聊自己的女儿，她并不觉得这么做是一件有失体面的事，"现在离了婚的女人可没啥丢人的。"她补充道。

我也不觉得有啥丢人的，可我还是有些不满。

"他也离了婚，好吧，我可能是为了安慰他，才顺嘴说了句你的状况。他是从玉门油田来的，多多少少吧，我会觉得有些亲切。"郭老师说。

同样，也是多多少少，一直以来，我都对郭老师的"玉门油田情结"抱着些许的同情。戈壁腹地，祁连山下，那是郭老师一生的起点—— 一想到这些，我就会对她生出没来由的体谅之心。我遥想她的少女时代，她于浩瀚的旷野憧憬未来，眺望雪山时，迎着大风时，必定常常眼涌泪水。郭老师对我并不经常提及她的那些经历，更多的，是出于我的想象。我陪她回去过两次，有一次她带我去戈壁滩上看夜晚的繁星，明确地给我指出了北斗七星的位置。苍穹之下，七星灿然，近得让人陡生顺手摘下两颗的妄念。

郭老师从近在咫尺的繁星下出发，考学，结婚，中年离异，像所有的人一样痛苦大于欢乐，如今躺在云贵高原的露台上啜饮保温杯中的浓茶，这让我无法对她抱怨什么。微风中，她拂动的白发都像是一份可以任性而为的特权，尽管，她在满头乌发的时候似乎就得享受这份特权。从侧面看去，她的脸颊依然紧致，皮肤并无明显的松弛，可能是嘴里啜进了枸杞，她在慢慢地咀嚼，肌肉呈现出的轮廓还显得有些坚毅。

“你不会不高兴吧？”郭老师侧脸看着我，“我觉得小顾还不错，认识一下也没什么不好。丽江这么美，以后你来玩儿也能给你打个八折。泸沽湖我还没去，听说也很不错，你要和我一起去住几天吗？”

“在泸沽湖也给我介绍一个日后能打八折的吗？”我问她，并无怒气。

“怎么会，你想多了，嗯，不要认为到哪儿人家都会给你打八折，我们没那么幸运。”

“倒也是啊。”

“可不是吗？”

“泸沽湖我是没法陪你去了，你自己带好手机，我还给你买了根挂绳，你就把手机挂在脖子上吧。”我说。

一直以来，对于郭老师我还是很服气的。她从来都不高估自己，只把任性而为的特权行使在我们母女的关系之间。我对自己的儿子提及姥姥时，不免总是强调郭老师的特立与独行，乃至还有自知与勇敢。她在中学教语文，却对天文很感兴趣，毕生仰望星空，积累下不少的人生心得；很早的时候，除了我，她就举目无亲了；如果有足够的钱，退休后，她一定会只身周游世界；她既不愿意高估世界的善意，也不愿意高估自己耐受恶意的能力。这些美德，都足以拿来教诲家族的后辈。

出门前，儿子要被我送到前夫那儿去，在车上我就是这样教导他的。前夫已经再婚，儿子要去生活几天的那个家庭自然如同一个微型的世界了，他需要学会与之相处的方式，那么——别高估世界，也别高估自己。

“你能和安贝相处好吗?”我问儿子，同时想象了一下两个孩子在一起可能酿成的灾难。

安贝是前夫再婚后有的女孩，七岁，对她的脾气、性格，我没有把握下判断，因为我知道自己无法客观。这个女孩我见过不少次了，如果一会儿见到她，我可能会故意逗逗她，问问她寒假有没有什么伟大的计划，是不是又要新学一门乐器。她呢，会摊开手，以一种成年人才有的笃定反问我：“你呢?”——这就是我对这个小女孩的认知。

“我知道你在担心这个。”儿子说。

“没错，我是挺担心的，毕竟你们没在一起住过。”

“不会有事的，”儿子竟也是一副成人才有的笃定口气，“估计她妈妈现在也会问她同样的问题。”

“会吗?”

“当然会，你不问我，她妈妈也会问她。她比我小五岁呢。”

“这跟年龄没什么关系吧？”

儿子说我的这种担忧应当是针对小孩子的，言下之意，年纪更小的那个，在睦邻友好中承担着更多的风险。那么好吧，我只能提醒他，年纪大的一方，将承担更重大的谦让义务。这种对话并不那么轻松，仿佛已经预设了一场博弈与妥协的征战。

儿子却一脸的若无其事，他对我说：“没事的，该担心的是安贝的妈妈。”

这句话让我有些发愣，或许是我想多了，觉得儿子对于如今这两个家庭的局面富有独到的洞见——那个最微妙的角色，没准真要让安贝的妈妈来扮演。同父异母，两个小孩相处得还不错，经常在周末见一面，对于三位家长的处境，也许他们早有过推心置腹的讨论：谁更为难一些，谁更超然一些。想当然的，我自然以为那个最超然的人非我莫属，而前夫，活该多作难一些吧，但现在儿子提醒我也许还有另外的剧本。

我小的时候也一样，比儿子现在还小的时候，就会跟亲密的女生分析彼此的父母。有一个叫若琳的女生和我最要好，因为我们境遇相仿，都是单亲，不同的是我跟着母亲、她跟着父亲。我们一起悲叹人性，用的却是一种夸张的谐谑态度，认为成年人的世界远比他们以为的要弱智得多，甚至，我跟若琳还分享着郭老师怀春的蛛丝马迹——她买新裙子了，最近总照镜子，我还偷看了她的体检报告，云云；而若琳，对我也开诚布公地道出了那位鳏夫的诸多秘密。这的确很刺激，俨然重要的启蒙。我们常常因之掩饰不住地呼吸紧促，继而尖叫大笑。

前夫等在小区外迎接我们。他现在是这个平庸人间故事里的枢纽，尽管如此，他也依然无法因之就显得不平庸了。我坐在车里看着儿子向他走去，心想他会在自己的一对儿女嘴里被如何戏谑地谈论。我觉得他老了，不是一个七岁女儿和十二岁儿子的父亲，是七加十二，一个有着十九岁孩子的男人。

离婚不久，有一次郭老师对我说："别让你儿子妨碍你的幸福。"

我忍不住窃笑，认为这是郭老师在借机声讨我妨碍了她的幸福。是啊，至少有三个男人是被我从她身边赶走的，一个女孩子对于围在自己母亲身边的男人杀伐决断，会焕发出魔鬼一般的破坏力。我永远记得自己诸般小小的邪恶，那一次次难以启齿的快慰与痛苦。但是儿子当时并没有对我构成类似的威胁，也许因为他是个男孩，对于这种事情天然鲁钝一些？这样想，却让我心里隐隐地作痛。尤其当儿子和我的新男友相处甚欢时，反而让我充满了无从说明的负疚之情。我见不得儿子傻乎乎地跟着一个陌生的成年男人笑，见不得儿子被一个微不足道的小把戏哄得团团乱转，因此，男人们的善意倏忽都成了诡计，我自己不过是诸般卑劣诡计的最终目的。那么，岂能让他们得逞？

这么说来，在人生崎岖的情路上，我妨碍了郭老师，儿子也委实妨碍了我。可是，我也相信郭老师会和我一样扪心自问：就算没有了妨碍，我们就真的能一马平川地奔向幸福吗？

"他可能要住一个礼拜，也许更久！"我把头伸出车窗向前夫喊，这个时间并不是理性估算出来的，我只是下意识地想要给前夫制造些心理难度。

"没问题。"前夫说。

他迎向儿子，伸手卸下儿子肩上的书包。这很自然，但我看在眼里，竟非常伤感。这两个男人，或者两个男孩——真的有些矫情，可我还是忍不住产生这样的感受——他们令我瞬间感到了苍老。我觉得他们的笨拙、殷勤、努力和平庸，都是那么地令人怜悯与难堪。那么好了，在郭老师眼里，我会不会也是这样的呢？

目送他们走进小区，我生出了取消丽江之行的念头。但我也不想回到既有的节奏里，公司的假已经请好了，我想我应该放飞一下自己。我用微信的语音通话拨给一个新近结识的男人，响了几声后，又自己挂断了。男人五分钟后回拨了过来，声音听起来充满一个试图哄小男孩欢心、以期捕获他母亲的卑劣诡计。我虚应了几句，便中断了对话。正午时分，阳光耀眼，我打开音响，驱车直奔机场了。

登机前，我打电话给前夫。

“放心吧，我很好，”是儿子接听的，他补充说，“我们很好。”

“你们在干吗？”

“在玩儿。”

儿子显然很不耐烦，但我有意想跟他多说几句，逗弄一般地干扰他，这对我就是一个富有安慰性质的补偿。

“玩儿什么呢？”

“游戏，游戏呗，还能玩儿啥呀！”

“我知道是游戏，我想知道是什么游戏。”

“瀑布守门人！”

“什么？什么守门人？”

“瀑布，大瀑布的瀑布！”

我还想进一步求证，儿子已经忍无可忍地挂断了电话，于是“瀑布”这个词悬置在我的耳朵里了，经久不散，让我处在某种壮阔而磅礴的自然想象中。

我给前夫发微信，却是说给儿子的：“明年暑假我带你去有瀑布的地方玩儿。”

“好。”飞机开始滑行时，微信有了回复，我觉得应该是前夫的手笔。

“你可能有时候会把他们父子当成同一个男人，就好像你爸会把我和你当成同一个女人。”郭老师说。这时候暮色四合，在楼顶上张望灯火渐起的古城，真是让人有种意兴阑珊之感，连带着她的声音听起来也略略地有些惆怅了。“你自己都不知道你的情绪是因为他们中的哪一个才会起变化。”

我不知道她想表达什么，但我觉得这是无稽之谈，对于前夫，我自认已没什么情绪可言。

“我爸把我当成你？”我问。

“是的。”

“我爸把你当成我？”

“是的，有时候会。”

我说我去一下洗手间。在三楼自己的房间门口，我遇见了那位名叫小顾的店主，他正扛着大桶的矿泉水挨个儿给每个房间送。

“接到通知，可能要停半天水。”他向我解释。

“古城经常停水吗？”我问他。

“这个倒不会，我也是第一次碰到这种事，可能是供水系统定期维护吧。”

“哦，那洗漱要麻烦了。”

“时间不会太久，但想洗还是抓紧洗一下吧。”

也许是臆想，我认为他的脸微微红了一下。

我回到露台时，郭老师用肃然的口气对我说：“你会后悔的。”

“什么？”我问她，脑回路依然停留在方才的话题上，不明白我何悔之有。但我也知道，和郭老师对话，得适应她跳跃性的思维。有一次，在跟我讨论素食的好处时，她突然问我：“你对男人还有需求吗？”

我跟朋友们说，我的母亲观念非常开放，但仅限于说明她对我择偶的态度。实际上，无从启齿的是，她对自己的欲望也从不避讳。她几乎没有断过异性伴侣，很早就把身体的需要与精神的需要分别看待了。差不多十年前，她惊叹着对我说：“吓死我了，我以为怀上了，原来是绝经了啊。”那语气，是坦率的自嘲，却也有些骄傲的自得——在更年期的时候依然还有热烈的异性关系，这是她要传达给我的信息。

“你会后悔的，”她又说道，“几天后就有双子座流星雨，泸沽湖边非常适合观看，这是今年的最后一场流星雨了，会壮观得像漫天的瀑布——你真的决定不和我去一趟吗？”

“瀑布？”我怔了怔，心头被莫名地触动了一下。

“是，每小时上百颗的规模，就像是夜空的瀑布。我这次来丽江，其实就有这个计划。一定让你赶过来，也是想让你一起去看看，丢了手机正好是个理由，你看，这就像天注定一样，我得丢手机，你得跑这一趟，这都是神秘的天文感应。”

“那你可以直接跟我说啊，出发时就问问我，愿不愿意跟着你去看天上的瀑布。”我说。

“出发的时候我还没打算叫你，噢，也用不着瞒你，我本来是跟人约好了的，在丽江见，结果呢，那家伙爽约了。”

“约了男人？”

“对，但别以为我会有多失望，没什么的，爽约总是比践约来得多些，你也得早点明白这个道理。好在星空从来都运行得守时守约，从来不会放你的鸽子。”

“就没有过不确定的天文现象吗？”我问，“比如，说好了的流星雨却没出现。”

“有，但是天文现象的不确定只是因为人类还有许多未曾掌握的规律，它们在自己的规律里一定不会瞎胡来。”

“人的不确定性呢？是不是也有人类未曾掌握的规律？”

“噢，没准真是。但人的大规律和宇宙是一样的，生老病死，一天天衰败，宇宙会坍塌，人会死。”

“好玩，我千里迢迢跑来跟你坐在楼顶聊这些事。”

“也没这么可笑，”郭老师说，“我们是时候聊聊这些事了。”然后她令我震惊地说：“有一天我走了，身后的几件事你要搞清楚。”接着她告诉了我她的银行卡密码。

“我不要你的钱。”我这么说，完全是因为被搞蒙了。我无法想象，这是那个十年前还在怀孕与绝经之间踟蹰的女人——我的母亲。我不要她的钱，只是在拒绝她突发的哀声。

郭老师摇头笑了，问我：“最近和你爸有联系吗？”

"有，他迷上钓鱼了，前些天让我帮他在网上买渔竿。"

"你给他买了吗?"

"买了。"

"这是迷上一个比找女人还烧钱的事。"郭老师调侃道。

对于自己的前夫，她从来都是以调侃的态度来谈论的，即便说起两人之间仇恨的旧事，也是以"捣蛋着呢""坏家伙"这样的句式来概括，如同只是在谈论一个调皮孩子的过错。

我也曾不断地琢磨过这两个人复合的可能性，当然，也不断地否定掉了，直到最终再也不做此想。离婚后，父亲也走马灯一般地换着女人，最小的女朋友年龄恐怕比我还要小一些。我的父亲母亲，这两个都有着不懈激情的人，为了无可阻遏的自救的冲动，不惜挑战既有的生活秩序。

很不幸，对于他们而言，我恰恰是"生活秩序"的一个标签——我是他们的女儿，是一个人间的事实或者铁律，以此宣示了责任与义务，甚或还有人伦与道德。于是，在漫长的成长中，他们的激情，就是我不得不与之激战的敌人。但我不怨恨，至少如今不怨恨了，因为我也面对过自己的激情了，知道这激情，确乎是自己与自己的憔悴的激战。

郭老师忽而关心起我来，问我是不是要给儿子打个电话。

"他玩儿得顾不上跟我说话。"我问郭老师"瀑布守门人"这种游戏她听说过没有。我想，她做了一辈子老师，应该对孩子们的把戏了如指掌。

"不知道，但肯定是种湿身游戏。"

"失身?"

"就是互相泼水，弄得像落汤鸡一样吧，大差不差，望文生义就能猜个八九不离十。"

"这大冬天的……"

"别担心，小孩一般玩儿是玩儿不坏的。"

我说不是这个意思，我并不担心儿子受凉，是想不通一个"湿身"游戏在这种季节条件下，如何才能开展。

我说："穿着泳衣在沙滩上玩儿行，裹得像粽子一样，怎么玩儿?"

"我想他们可能会钻到浴室里玩儿吧。"

"可他现在洗澡时都不让我进浴室了，他觉得自己已经是个男人了。"

"嗯，但他不会拒绝在自己的女人面前光着身子。"郭老师开心地大笑起来。

"真是麻烦……"我也觉得挺好玩儿，却也有某种隐隐的忧愁。

"别担心。"

"什么?"

"生命令人苦恼，但也正是如此才显得迷人。"

我感到不安，对于郭老师的格言警句我已经习惯了，此刻却觉得微言大义，她有着非比寻常的心情。天色已经完全黑下来了，古城的灯火堪称辉煌，但在楼顶仰望苍穹，高原夜空的繁星毫不逊色地碾压着人间的烟火。

"我查出了癌。"郭老师突然平静地说。

很久以前，郭老师曾经因为胃穿孔倒在了讲台上，那次算得上是从鬼门关走了一趟。我被她的同事带着去医院探视，明确地体会到自己的生命里不能没有她。那时我十四岁，心里想：她要是死了，我也要跟着一起死。

我回头看着她，她俯瞰着楼下的古城夜色。我很想跟她把这个话题展开，却只是顺着她的目光望向远处，什么话都说不出来。夜色不是纯然的漆黑，和灯火与繁星无关，它几乎本身就是一种透明的蓝色，就是一种光源。远方的山影是漆黑的，不仅仅是颜色，更是一种距离的色感。远即是黑。

郭老师幽幽地说："这样的夜色和玉门的夜色很像，油田在晚上也灯火通明，但一点都不会减弱夜晚本来的性质。"

我点头称是，然后提议下楼去，夜风中，露台上已经感到有些冷了。我们各自回了房间，我本来打算冲个澡再去找她，但打开淋浴才发现停水了。这让我敲响她的房门时心情更加糟糕，如同披挂着一生的积垢。

子宫癌。

第二天一早我就在古城瞎转起来。我没有惊动郭老师，想让她多睡会儿。而且，现在我有些惧怕面对她。黎明时分的古城一片阒寂，高原的晨风委实有些凛冽，红色角砾岩铺就的小径水洗一般的干净。在一家开了门的小店，我逗留了很长时间。店主是个蓬头垢面的中年女人，她可能没有料到这么早会有顾客，任我在店后挂满了东巴扎染的院子自选，顾自去忙碌晨起的家务了。我突然对那些朴素的粗布着迷极了，它们悬挂在竹竿上，随风轻舞，令人好似陷入了一个柔软的迷宫。蓝地白花，仿佛一片片垂挂的天空。我意识到自己为什么有了沉醉之感，因为如此我才能短暂地摆脱失措的情绪。我挑了几十米布，把它们抱在怀里，感到一种软弱的沉重。我并不热衷这类民族风格的东西，压根不知道买回去做什么用。拎着两只大袋子出来，我继续在纵横交错的小巷中漫无目的地走。

我想起另一次经历。儿子两岁的时候发急疹，高烧不断，严重到伴有惊厥的症状，医生告诉我有导致脑病、肝炎、嗜血细胞综合征等等可怕后果的风险。我知道这是所有医生惯有的作风——总是把最坏的可能扔给你，除了免责需要，没准也借此满足了人性中对于恶意的隐秘享受。我让儿子和他父亲留在医院里，自己去逛街。那一次，我第一次透支了自己的信用卡。在一家情趣用品店，我还给自己买了件昂贵的玩具。我也记得接儿子出院时的情景，他和我坐在车子后排的座位上，惶惑地盯着一身珠光宝气的我。他不能理解他的妈妈怎么会换了个人一般。当我试图去抚摸他时，我感到他正紧张地躲避——他的小肩膀缩紧了一下。然而我还是几近残忍地按住了他的肩膀，感觉我的孩子在生命的困惑里颤抖。刹那间，泪水抑制不住地奔涌而出。这更吓到他了，我差不多能够感到他在努力地让自己变小，小下去，小下去，一直小到不用再负重。

后来儿子当然没有得脑病，没有得肝炎，没有得嗜血细胞综合征，他很健康，只是在成长的过程中，有了一次想要无限变小的生命记忆。

在一座挂着“十月文学馆”的院子门口，我捡了一粒石头，把它放在了门楼边一个隐秘的角落里。没有特殊原因的话，这粒石头就将堪称永恒地藏身于此了，不会被人为地挪动，也不会任性地自己跑开。我四下望了望，巷子里除了我没有他人。这算是我的一个秘密——经常在陌生的异地留下一些只有自己知道的小标记。我幻想，有一天把某处的小标记告诉某个男人，如果他真的能循迹将之找到，像在七个不同的地方集齐七颗龙珠，他就将是我最后的男人。我知道这事的难度有多大，因为我不高估世界，也不高估自己。

临近中午的时候我回了客栈，还未走进门廊，便看到了奇异的一幕：大水天谴似的奔涌，瀑布一般，从三层阁楼上倾泻而下。一条汉子背对着我站在门廊里，举头仰望，整个身姿都写满了深深的困惑。有一天我会专门说说这个客栈之王的，但此刻我被眼前的奇观完全俘获了。从我所在的位置看过去，他就是一个不折不扣的“瀑布守门人”。大约有一分钟的光景，这个名叫小顾的汉子才行动起来。他冲进瀑布，在我看来简直是欢天喜地奔上了楼。祸患的源头就是三楼我的那个房间——昨夜我打开淋浴后并没有关闭，今早来水了，蓄积半日，终于酿成了水患。

我也跟着跑了上去，穿过水帘的一瞬，不由得失声尖叫，心情真的是莫名欢喜。冲进房间，水已经没过脚踝，水面上漂浮着我的高跟鞋，还有一些可疑的小物品——应该是床下未被清扫出的垃圾——纸屑、药片、小小的塑料包装。花洒已经被关了，但小顾已然湿身。也许他是情急之下忘记了避水，也许他干脆就是有意地让水浇了浇自己。我们站在水里，面面相觑。片刻后，我抬脚撩起水来踢向他，他迟疑了一下，以同样的方式反击我。几脚之后，我们都控制不住地撒起欢来，他搞过来的水花都泼洒到了我的脸上。闻讯而来的人吃惊地挤在门外，看着我俩起劲地又喊又跳。

阁楼大部分是木质的，我紧随着小顾下楼去查看相应的房间。情况糟糕透了，楼下房间的天花板已经溶洞一般地滴着水了。还好，这间房没有客人入住。小顾查看床品是不是已经被淋湿的当儿，我不假思索地从身后推倒了他。一切结束得飞快，我们都自觉地在和某种紧迫的事物竞争。不，不完全是因为时间，也不完全是因为环境，是因为更深层的、跌宕的情绪令我们深感时不我待。我从未像这般彻底地自由，大朵大朵扎染一般人造的白云在我脑子里争相怒放。天空倒垂，万物都是平行着的了。这是一场单纯而极致的游戏，名字不妨就叫作“瀑布守门人”。

整栋客栈必然是喧闹的，人们在大惊小怪地救灾。我却觉得万籁俱寂。这种感觉萦绕了我很久，当我走出房间时，那些奔忙的身影都是无声的，好像电视被关掉了音量。小顾张嘴对我说着什么，可我听不到，我也张嘴跟他说着什么，自己也听不到。这样也挺好，我想，一个无声的热闹世界，反而显得庄严肃穆，令人敬畏。

“造成的损失小顾会给我打八折的。”是夜，我在露台上对郭老师把握十足地说。

我的听力尚未完全恢复，所以音量不由自主高了很多，像是咏叹。

郭老师说：“你瞧，世界有时候是会优待你一下的，做个游戏，打个八折什么的。”

“你还需要我陪你去泸沽湖吗?”我问。

“这个要看你的意愿，不过我还是建议你一起去，在空气稀薄的环境里看一场天上的瀑布，这种机会并不多。”

我举头望向夜空，俨然已经看到了那个奇迹一般的时刻。

“宇宙的高潮，”郭老师说，“你只有看到了，才会知道有多震撼。”

“宇宙的高潮，这个说法不错。”

我感觉今天晚上的郭老师像一个诗人，或者像一个哲学家兼天文学家，就是不像一个癌症患者。她披着羊毛披肩，抱着巨大的保温杯，岿然坐在时光里。

“明天再做决定吧。”我说。

“好，别急着做决定——跟着鼻子走就好。”

“对，跟着鼻子走！”我说，“早点休息吧。”

“你下去吧，我再坐会儿。”郭老师啜着茶水说。

我走到露台边的木梯时，郭老师大声对我说：“在你爸眼里，我们是同一个女人。”

那天下午我从被水淋湿的床上起来，站在窗子前向楼下眺望，想象着两天前郭老师也是以这样的视角张望我的。我看到巷口迟缓地走来了一个熟悉的身影。极致的余波还在我的身体里荡漾，我目睹的一切微微有些摇晃，好像没有拿稳的镜头，于是来者看上去凌空蹈虚，脚不沾地。这个践约者、坏家伙，从奔放而泥泞的生命中跋涉出来，拜衰老所赐，于长久渴求的不安和不安的渴求中解放了自己，如今，他来奔赴一场观摩宇宙高潮的邀约。现在，他是这个世界上的一个平静的人，一个忠诚的人，一个纯洁的做完游戏后往家跑的小孩。

我很想就这样站在窗边一动不动地看下去，并且想象着自己有朝一日也能这样回家。不需要谁给我集齐七颗龙珠，一切都将是无条件的，只要你终于摆脱了那沼泽一般蒸腾的、因为恐惧而不得不求生般挣扎的热欲。可我还是转身下楼了，去迎接我那风尘仆仆迟到了的父亲。我知道，在我们拥抱前的一瞬，我也会克制自己，只是好像有些不情愿似的跟他浅拥一下。

摇摆鼓楼

和老陶再次见面，是我们分手半年后。我和新男友云游到了丽江，在微信里，我将行踪告诉了老陶。至于居心何在，解释起来还真是挺费劲的。

不过也没那么复杂。分手后，我跟老陶依然保持着时断时续的联系，有一搭没一搭地问个好，深夜里来声没头没尾的“哈喽”，或者相互或者单方面地发个比较污的表情什么的。你可以将此理解为巨大的惯性使然——我们曾经相爱得如同“复兴号”一般风驰电掣、一往无前，途中出了故障，只好紧急制动，但刹车后依然会往前冲一阵儿。

老陶迅速回了微信，说巧了巧了，他也正好跟新女友在丽江打尖儿。没错，他就是用了“打尖儿”这个词，纯然是一副北京爷们儿的口气。这挺让我烦的。我跟北京男人老陶恋爱，最终一拍两散，有很大一部分原因正是在于他的“太北京”了，那做派，也谈不上傲慢，反正在一起久了，有种没头没脑的优越感让你啼笑皆非直至倍感痛苦。

我在云游，他在打尖儿，我们各自携着新欢，本来无所交集，可既然“巧了巧了”，那就在丽江见一面吧。

老陶在微信里相约，是夜凌晨时分，他将在古城的玉河广场等我。我藏身于暗处，见他准时出现在灯红酒绿的午夜。他在人潮中沉浮，左顾右盼，一目了然是喝多了。凝望着，我对他生起一股亲切的陌生感，或者是陌生的亲切感。认真掐指头算，我们分手一百九十七天了，其间视频过两次，此刻看他在人潮人海中浮现，我就觉得他即是我，是我的没头没脑与傲慢，是我的仓皇无助与优越感，乃至是我的慢慢的放松与慢慢的抛弃。的确，我们差不了多少。我们云游，我们打尖儿，不过都是活在被规定好了的方式里。

在我眼里他是个好看的男人，始终留着我喜欢的圆寸，随时都是一副正在遭受铁锤但随时都能夺过铁锤的样子，永远一副浑不懔的劲儿，即便胡子拉碴，也不会显得太颓。我过去拍了他肩膀一下，他回身就手挽住了我的胳膊。

“嗨，麦吉，”他说，“嗨，姑娘，我认为所有的古城都应该有一座鼓楼，你认为呢？”

他的手臂和我的手臂挽在一起，像情侣，也像要并肩去赴汤蹈火的战友。盛夏时节，我们都裸着胳膊呢，我分不清是他出的汗还是我出的汗。我嗅到了久违的男人味儿，酒精、烟草、沐浴液，没啥特殊的，也谈不上混浊，更谈不上芬芳，但这种味儿不是所有男人身上都会有。

身边全是年轻人，一派花天酒地，世界仿佛还处在愚蠢的、没心没肺的青春期。

“北京就不必说了，我在河西走廊的武威，那么偏远的地儿，都见到过鼓楼，西安、南京、开封，连运城都有，”他说，“可是为啥这儿没有?”

“为啥这儿就一定要有呢?”我回他。

果不其然，他还是能迅速地让我气不打一处来。“北京就不必说了”，这句话很让人反感。不是吗?在一起的时候，我们就住在北京的鼓楼附近。不必说了，当然是不必说了。

“古城啊，”他吵吵道，“这儿不是古城吗?没鼓楼好意思叫古城吗?”

他挽着我走，好像目标明确，挤过几条小街，钻进一家酒吧里。子夜时分，里头客人大半已经散去。驻唱的歌手是一个穿着民族服装的很老很老的老头，很搞笑地，他居然唱着《可可托海的牧羊人》。这歌现在大热，可我烦一切大热的玩意儿。我们在一张杯盘狼藉的桌子边坐下来，桌面上有大半桌的空啤酒瓶，吃剩下的面条、烤串、花生、毛豆以及花生皮、毛豆皮。

“我把她灌翻了。”老陶靠过来对我耳语，一边用大拇指扬扬某个方向。

顺指望去，两米开外，暗处的卡座上横躺着一个姑娘。她蜷缩着，婴儿一般地蜷缩着，裙子包裹着的臀部无比浑圆。

“我们在附近租了个民居，便宜，在古城里住一晚上的钱，够我们住一个月的。”看起来他挺自豪。

我有些光火，可也说不出什么所以然，我总不能质问他为什么不把姑娘灌翻在他们便宜的民居里吧。

“行啊，一顿当两顿使，还分上下半场，真是长出息了你。”我说。

“有什么问题吗？谁愿意吃了上顿没下顿？”他接完我的话茬，扯着嗓门喊服务生。“兄弟！”他扯着自己的北京腔叫唤，“哥们儿！嗨，喊你呢！”他的叫喊植入在《可可托海的牧羊人》里，竟让这歌有了股摇滚味儿。

“能不能甭让这大爷唱了啊！没看见人睡着了吗？”他拍着桌子嚷嚷，我看到那无比浑圆的臀部似乎是受到了侵扰，来回挪了几下。

一个跟我们岁数差不多的服务生不慌不忙地过来了，一副见多识广的架势。

“你要啥？”小伙子问道。

“能说普通话吗？OK,”老陶说，“您能让这大爷闭会儿嘴不？您瞧，姑娘在睡觉，姑娘需要睡觉！OK？”

“不能，不 OK。”小伙子无动于衷地说。

“那我跟您说！”老陶说，“这歌不适合他唱，没准摇滚他还行，他倒是挺像个老炮的，可他不适合有个嫁到了伊犁的姑娘。好了，让我们安静地把剩下的这点酒喝完，这要求不过分，我们就是他妈的想安静点，把你们老板叫来，问问他是不是有时候也需要安静地坐会儿。”

“你可以自己找个安静的地儿。”小伙子面无表情地也使用了儿化音。

“嘿呦，”老陶一拍巴掌，“这可是您给我出的主意啊，等她醒了您跟她解释解释吧。走，麦吉，咱找个安静的地儿去。”

暗处的浑圆屁股动了动。小伙子见多识广地回了吧台。

我随着老陶出了这家酒吧，进入另一家之前，他再次眼巴巴地问我："我认为所有的古城都应该有一座鼓楼，麦吉你认为呢？"

"你还是这么烦人。"我回答他。

这次他收敛了不少，我们一人要了一扎精酿啤酒，他开始盘问我有关新男友的点点滴滴，干什么的，多大了，云云。我并没有和盘托出，不是想对他隐瞒什么，也没什么好隐瞒的，我只是突然间觉得，让他知道我找了个大学老师是一件令人惆怅且丢人的事。

"自由职业。"我说。

"也被你灌翻了吗？"他问。

"没，在房间看球呢。"这倒是句实话，欧洲杯正如火如荼，我那云游的伴侣，那纯洁的知识分子，是个健康的球迷。我只是出门前给他要了箱啤酒。

老陶是在一瞬间又抽起疯来的。他先是鼓掌，让我以为是冲着我没把男朋友灌翻这茬来的，可他鼓着鼓着渐渐有了节奏，脑袋、肩膀跟着一起打拍子，后来，便可怕地唱了起来："那夜的雨也没能留住你……"

当他高歌到"他们说你嫁到了伊犁"时，服务生终于被招来了。

我算看出来了，这地方，就算没有一座美轮美奂的鼓楼，可即便是位小姑娘，也一副见多识广的派头。

"别唱了。"小姑娘沉着地要求。

"嘿呦，"老陶坚持着又怒吼了几句，问道，"丽江规定不许唱歌吗？"

"没规定，"小姑娘说，"你影响其他客人了。"

举目四望，这家酒吧比刚才那家更冷清，影影绰绰，似乎有那么一两桌客人，意外的是，暗处似乎也浮动着姑娘们被人灌翻后浑圆的屁股。

“我影响其他客人了？”老陶无辜地摊开了手，匪夷所思地对我说，“难道刚刚不是我们被影响了吗？麦吉，一座古城，没有鼓楼，不讲道理，这还说得过去吗？走吧，麦吉，我们离开这里！”

我不觉得他是在表演，他是真的对这个世界感到费解。我跟着他走出那家酒吧，胸中涌动着白痴一般的喜悦。走吧，麦吉，我们离开这里！——在一起的日子里，那些北京鼓楼边儿的日子里，这是我最想听到他对我说的话。可他没说过。于是，我现在找了个大学教师出门云游。

我跟随着他，我们赤裸的胳膊挽在一起，汗水交融，如同要奔赴高山大海。可我们不过是又去了另一家酒吧。

“我想唱歌又不敢唱，小声哼哼还要东张西望……”他是在大声哼哼。

这家的服务生直接将我们拦在了门口，食指竖在嘴上，不断地冲我们“嘘”个没完。

连我都被搞得很恼火了，问道：“你不会说话吗？”

“我会说话，但请这位先生别这么大呼小叫。”服务生笑嘻嘻地说，他真的是身经百战啊。

“说谁呢？我这也算大呼小叫？”老陶向前抢了一步，差点栽倒，“你知道北京，嗯，鼓楼边儿上，怎么玩儿摇滚的吗？”

“这里是丽江。”服务生说。

“别跟我贫嘴，”老陶说，“连个鼓楼都没有，神气个屁。”

服务生不说话了，用不说话表示自己的态度和立场。

“你瞧，”老陶将矛头冲着我来了，“简直跟你一个德行，我最受不了这个，你知道吗，我最受不了的就是你不说话其实一脸话的样子，太烦了，牛×什么呀。”

我们重新走上了街头。退潮了一般，熙熙攘攘的游客一下子稀稀落落了。老陶坚持要给我买点鲜花饼。

“我知道你不吃猪油，”他特别恳切地说，“有一种是植物油做的，还加了益生菌。”

在他给我买鲜花饼的时候，我望着店铺外的一块广告牌出神。牌子上是一位端庄、瘦削的女士，广告语打着“我这辈子最有成就的事就是把鲜花饼做成云南的名片”。这句话竟让我难过起来，也许我是想到了自己这辈子吧——我将以什么实现自己的成就？成就不成就的，当然也没什么紧要，但“一辈子”这种规模，不免总是会令人莫名伤感吧。

拎着两袋植物油做的还加了益生菌的鲜花饼，我对老陶说：“我得回去了。”

“我愿意陪你翻过雪山穿越戈壁，可你不辞而别还断绝了所有的消息……”真要命，他又唱起来了，好在是低声吟诵。

“别这样，老陶，酒劲儿差不多也散了吧。”我恳求他。

“对不起，麦吉，”老陶戛然失声，站了会儿，肩膀觳觫起来。张开双臂，他不遗余力地将我紧紧地搂在了怀里。我们大概又一次都感到了被伤害。

接下来，他需要找回最初的那家酒吧，将他的女朋友弄回租住的民居去。

“扔那儿不是个事。”他说。

“是，不能那么做。”

我支持他，好像忘了他没少这么对待我。许多次，我被他扔在地安门外大街，每每从醉酒中苏醒，远远望到夜空下的鼓楼，怀着瞻仰丰碑的敬意，我都觉得那古老的庞然大物在皮影一般地随风起舞。

老陶走在我前面，步子倒还稳当。我也不知道干吗还跟着他走，不过还是被他身上那种居于灰暗却葆有明快的风格吸引。古城的巷道扑朔迷离，谁都不敢保证我们是否迷了路。走过一条清冷的巷子，一条土狗迎面向我们小跑过来。老陶回身再一次将我揽在了怀里。还好，他还记得我最怕狗了。

月光下，我偎在老陶怀里，看着那条狗沿着光滑如水的石径宛若一匹尊贵的骏马一般优雅地跑近，心里面平静极了，一点也没感到惧怕。我们开始接吻。那条狗围着我们转圈，继而在我裸露的小腿上厮磨，在我们四条腿的间隙挤进挤出。恰似天堂或者一个奇迹，我真的一点也不害怕。欲望升起，我被老陶抵在了巷子边的石壁上，他掀起了我的裙子。

“瞧，这就叫狗连蛋。”老陶喘着气儿在我耳边咕哝。

我侧脸看到了那一幕：不知什么时候，又一条狗也加入了小巷的剧情中。月光下，夜风里，它们在沉默而自由地交媾，它们在肃穆而庄严地交媾。

但这真的是扫兴。老陶他就是这么不识趣。他管不住自己，就算使出了浑身的解数，依然还会无数次后悔，无数次地拿自己无能为力，仿佛他最善于做的就是把好事搞砸，唯一会做的就是在好运气面前却笑了场，于是，只能无数次地失败在前戏里。

“去吧，老陶，”我挣脱开他，“赶紧去把人家姑娘扛回去。”

“别走，麦吉，”他说，“我们看看它俩能坚持多久。”

他的表情既是兴致勃勃的，也是为自己的兴致勃勃而感到错愕的。我这可怜的爱人，我发誓对他永不心怀狭隘的偏见。

“再见，老陶。”

我回身朝着相反的方向走了，走着走着，就开始小跑，感觉自己突然间又怕狗了，而且，怕的还不仅仅是狗，也包括像狗一般追咬着我的命运。

绕来绕去，我又回到了玉河广场。这时候已经没几个游客了，有人坚毅地扛着一条浑圆的麻袋走，有人浑圆地被人坚毅地扛着走。也不知道如火如荼的欧洲杯战况怎样了。找了块地儿，我席地坐下。我得缓口气。

在这云游的夜晚，无所事事，我用手机查看“打尖儿”的确切词意：

> 打尖儿（京津一带方言）：
>
> 打尖儿，指京津一带行路途中吃便饭。这在小说和杂剧中也俯拾即是。打尖儿，实际上是“打发舌尖”的缩略词。舌尖是人对味道最敏感的地方，赶路的时候饿了，好赖吃点东西，打发一下舌尖，而后继续上路。广东方言打尖是指人不守秩序插队的行为，称之为“兼队”或“尖队”。有种童年的游戏也叫打尖（茧），二至四人参加，将一根比拇指粗、三寸长的圆木，两头削尖，即为玩具“尖”，因外形酷似蚕茧，

也作“茧”。

我觉得有知识真好，找个知识分子没准是对的，会让你的许多灾难得到短暂的豁免，你看，这真的非常有意思，“打发舌尖”“不守秩序插队”，以及“二至四人的游戏”，凡此种种，都与我们的境遇完美相关。老陶真他妈的是个天才。

我一边涌泪感慨，一边抬头仰望夜空，灰筒瓦、绿琉璃，我又一次看到了冉冉浮现的鼓楼，在星月下，在高原上，婀娜摇摆。对，不是摇滚，是更富迷幻色彩的摇摆。

和郭永莉有关的几个名词

张 楚

屋 顶

郭永莉的自行车老是慢撒气。她想换条轮胎，刘兰英说："换啥换！换条轮胎七块钱，腿子肉才六块五一斤！吃得比母猪多，留着蠢劲做啥用?"刘兰英说这话时正忙着往槽子里倒猪食。她养了十六头约克猪。

刘兰英说得没错，郭永莉膀大腰圆的，看起来像电视里的举重运动员。她嘟着嘴跨上自行车，去村口的医生家借打气筒。通常气还没打完，郭亮和肖恩慧就一前一后到了。她束手束脚地站旁边，看着郭亮将轮胎打得硬邦邦。郭亮脑袋大，人家都管他叫郭大脑袋。郭永莉和郭大脑袋、肖恩慧三人，都在镇上的中学念书。

郭永莉一直想不明白，为啥要读书，那些不读书的同学，都去县城里打工了，有关系的去了轧钢厂、药房、桃源宾馆，没关系的去了百货大楼、饭店。他们回家的时候，骑着鲜艳的电动摩托车，女孩子们涂着口红，男孩子们叼着万宝路香烟。他们疾驰而过，柏油路上扬起的灰尘通常能让郭亮大声咳嗽起来。“有啥洋气的，”郭亮撇着嘴说，“不就是破电动车吗，又不是奔驰、宝马！”他嘴上这么说，郭永莉还是能看到他艳羡的目光。一个口是心非的人，郭永莉心里想，郭亮是个口是心非的人。他爸妈有钱，有钱的爸妈就是不给他买摩托车。他们拒绝的理由很符合他们的身份和秉性：车辆那么多，出了事故咋整？

不过，无论郭亮说什么，她还是信的。郭亮说，郭永莉长得黑，可眼睛大，是她们三姊妹里最受看的。还说，郭永莉脑子笨点，可能吃苦，对她能在镇中的英语比赛中获得纪念奖很是钦佩。郭亮说这些话时，通常跟她并排骑着自行车行驶在乡间的柏油路上。路两边全是白杨树，芒种后黑亮黑亮的，路上拉铁矿石的大解放牌汽车很多，他的声音要跨过解放牌汽车的喇叭声、堵车时司机的咒骂声，还有肖恩慧的那条本地土狗的吠声，才能断断续续传进她的耳朵。她不说话，满脸通红，还时不时偷偷瞄一眼跟屁虫般尾随着他们的肖恩慧，小腿将慢撒气的自行车蹬得更快。

肖恩慧总是带着他那条狗。那是条黄色的本地土狗，肖恩慧上课时，它要么在校门口撒欢，要么跟野狗们去田野里鬼混。肖恩慧一张丝瓜瓤子脸，单眼皮常年耷拉着，看人时白眼仁多黑眼仁少。说实话，郭亮长得比他威武多了，大头粗颈，不过十六七岁，却早早蕴了肚囊。“你能快点吗！”他不耐烦地扭头朝肖恩慧喊，“死螃蟹没沫！”肖恩慧也不生气，朝他们俏皮地吹着口哨。口哨响亮，颤抖的尾音似乎将那大卡车的鸣笛声都盖了过去。

镇上的中学，离家并不远，可中午和晚上还是在学校吃。相对于母亲身上浓烈的猪圈味，郭永莉更喜欢学校食堂里飘着的剩菜馊味。她最稀罕的一道菜是干豆腐片炒辣椒，翻来翻去总能挑出几片油腻的肥肉。郭亮呢，顿顿都买那最贵的猪肉炖粉条、油炸鲤鱼啥的，不住往郭永莉碗里搛，搛就搛了，郭永莉却不吃，最后剩碗里。郭亮也不恼，似乎将好吃的给了她就好，她吃不吃倒不打紧。有时郭永莉将肉片再搛到肖恩慧碗里，肖恩慧小心翼翼地将肉挑出来，犹豫着放到餐桌上，时不时地朝着那块肉瞅两眼，绿头苍蝇很快乌泱泱扑过来，滚成团黑云，肖恩慧嘴角抽搐，舞动着筷子将苍蝇们撣走，喉结动了几下，快速地扒拉着碗里的米饭咸菜。

肖恩慧只有一个奶奶。奶奶是盲人。郭永莉还没见过这么能干的盲人，种地、做饭、洗衣晾衣、养鸡，啥都会，只是家里像垃圾场。头次去肖恩慧家，郭永莉难免皱起眉头。她母亲忙得吃饭都蹲猪圈里吃，可家里照例拾掇得溜光水滑，而肖恩慧他们家，灶台上的灰尘积得比冬天的雪还厚，灶具黑黏，粘着菜叶米粒，屋内的柜子上堆放着衣服和杂物，地板上是土、碎纸屑、破鞋烂袜。“你忒懒，”郭永莉对肖恩慧说，“你奶瞎，你又不瞎。”肖恩慧耷拉的单眼皮微微挑了挑。再去他们家，地板明显干净许多，衣裳也都叠摆得整齐。肖恩慧奶奶咧着嘴给她和郭亮递黄瓜和茄子吃。郭永莉看到紫茄子上粘了块鸡屎般的黄泥，没敢吃。

郭亮家倒是常去。他爸妈在县城里卖烤鸭，家里少有人迹。他们仨就在宽阔的客厅里写作业。只有她和肖恩慧写，郭亮忙着给他们做吃食。说实话，郭亮做饭比学习有天分。他炸的鸡柳金灿灿，上面撒了咖喱粉和黑胡椒；他煮的素面里会加哈尔滨红肠和沙瓤西红柿，吃起来酸爽微甜；他用木柴烤的老玉米，带饱满脆生的焦皮轻烫着口腔，当玉米芯被牙齿挤压出来时，焦煳的香气和水嫩的甘甜立马混合着扑进鼻腔和口腔，身上的毛孔都迫不及待地打开……当然，她和肖恩慧的待遇是不同的，郭亮分给她的鸡柳，总比给肖恩慧的多两块，面汤里的红肠也多两根。肖恩慧才不介意呢，也许长这么大，他还从来没有吃过这么好的食物。他爸原先在煤矿上班，下夜班时被拉矿石的汽车碾死了，他妈拿着补偿金跟卖保险的人跑到三亚去开饭馆，未过半载，他爷查出得了肺癌，在炕头熬了不过几天，睁眼死了。从小学四年级开始，他跟奶奶过。奶奶哪里都好，只不过炒菜时，会弄混糖罐和盐罐、酱油瓶和醋瓶。

有年夏天，好像快出伏了，晚上，郭亮给他们炖了锅莲藕糖醋排骨。郭亮嫌热，说："我们去屋顶吃吧。"郭永莉说："你个神经病，不怕被邻居笑话吗？"郭亮说："我在自个家屋顶上吃饭，没碍着人，关他们屁事！"郭永莉去看肖恩慧，肖恩慧没吭声，径自去搬梯子。他们仨，一个往屋顶端排骨，一个往屋顶拿碗筷，还有一个往屋顶搬啤酒。屋顶也热，坐在上面犹如坐在炭火才熄灭的炉子上。不过，有风，虽是酷夏时的热风，多少掺了些夜晚的凉意。郭永莉声明她不喝酒，郭亮还是嘻嘻笑着给她倒了碗。排骨里的糖放多了，齁甜，郭亮为他的手艺失常先干了碗啤酒。肖恩慧的白眼仁瞥着长满豌豆的院子，也喝了一碗，喝完后就打嗝，他说："这是我这辈子第一次喝啤酒，不好喝，泔水味。"郭亮说："原来你还喝过泔水啊？"肖恩慧佯装去打他，郭亮嘿嘿笑着又给他倒酒，说："喝吧，喝吧，不醉不归，不醉不归。"

郭永莉不敢大口喝，只小口小口地抿。她坐在郭亮跟肖恩慧中间，怕屋檐下走过的街坊邻居瞅到。天色越来越黑，听不到蝉鸣，倒能听到蟋蟀的叫声，夏天很快就要过去了。喝着喝着，郭亮跟肖恩慧直挺挺躺下了，不久，鼾声浮升起来。郭永莉坐在屋顶上，俯视着被夜色覆盖的村庄，心里既觉得舒心，又觉得有点难过。可为啥难过呢？她想不明白。后来她也迷迷糊糊睡去。等骤然醒来，发觉郭亮的手搂着她的腰，她刚恼怒地将他的胳膊甩到旁侧，那条粗壮的胳膊又围圈过来，她甩掉，盘腿坐好，才看到肖恩慧也醒了，坐在啤酒箱那侧端看着他们。郭永莉问："醒了？"肖恩慧"嗯"了声。她看不清他的脸庞，只是团黑乎乎的细长影子。她问："喝多了？"肖恩慧说："没。"她又悄声问："你……想啥呢……"肖恩慧沉默了片刻，说："我真羡慕你们。"她本来想问他羡慕啥，想想他的奶奶，就没吱声，后来，她费力地直起身，走过去，站在他身旁，摸了摸他的头发。她能感到他的身子颤抖了两下。他们谁都没再说话，她重新坐到郭亮身边，从锅里捡出块排骨慢慢地啃。排骨凉了，腻口，她就嘬了点啤酒。不久，她听到刘兰英扯着嗓门喊她的名字，似乎恨不得全庄的人都能听到。她不敢应声。肖恩慧替她扶着梯子，她一步一步往下缩。肖恩慧的脑袋像夜空中滑过的萤火虫离她越来越远，四野阒然，连犬吠和蟋蟀声也没有，整个世界也在静默中透明起来，她想，能跟他们在屋顶上坐一辈子，也挺好的。当她跳下最后一根槽木时，朝屋顶张望了一下，脚没站稳，崴了下。她龇牙咧嘴地揉了揉，刘兰英呼喊的声音犹如浪潮涌来，她仰着脖子看屋顶，肖恩慧正机械地朝她摆手，还笑了笑。他刷牙不用牙膏，都是用精盐，牙齿白，可能刷得过于用力，被盐渍出了颗粒般大小的凹槽。他笑起来特别像一只修长而害羞的绿扁蚂蚱。

刘兰英拎个手电筒，母女俩一前一后往家走。刘兰英边走边发出轻微的呼噜声，仿佛走着走着睡着了。她的呼噜声跟那些膘肥的母猪越来越像。她很少管教郭永莉，她跟邻居说，这是让她最省心的一个闺女，看上去傻乎乎的，可又没傻到会被人拐走的份儿上，心又宽，啥事都不入眼。也许她的话没错。郭永莉还有两个姐姐，她行三，熟络的人都喊她郭三。大姐辍了学，跟刘兰英养猪，大姐跟郭永莉长得挺像，只是左眼有点斜视，相了几个对象，男方都有些嫌弃，这心气就一天比一天低。二姐呢，高中才毕业，去县服装厂上班，上了个把月，就找了个男朋友，还带到家里来，把刘兰英气得一宿没睡着。郭永莉她爸有个战友，在山海关卖水果，战友有个儿子，在京唐港当海员，两家从小就定了娃娃亲，单等到了合适年岁，战友变亲家。二姐呢，拧得很，七八天没回家了。要不是家里的那头母猪快生崽了，刘兰英早拿着擀面杖去厂子抽她了。

水 塔

学校里有座水塔。红色，砖砌，不高，顺着铁质扶手能爬上去。塔顶上长满了狗尾巴草。有鸟在草丛中鸣叫，不是麻雀，不是喜鹊，也不是斑鸠。打热水从塔下路过，郭永莉都忍不住驻足仰望。她想，叫得那么好听，肯定是夜莺吧？她没见过夜莺，也不知道夜莺是否会在白天鸣唱。有天晚上，郭亮爬了上去，将腿从塔沿耷拉下来，讨好似的朝郭永莉招手。郭永莉将热水瓶放下，贼眉鼠眼地环顾四周，校园里静悄悄的，快打熄灯铃了，孩子们正在洗漱，她就弓着腰爬上去。爬上去后难免有些失望，只有杂草而已，还有只死掉的斑鸠，肉腐烂了，只有几根灰色的羽毛支棱着。她捂着鼻子将斑鸠扔到塔下，还没来得及擦手，郭亮就将她扑翻。她挣扎了两下。

这年他们上高一，都考的县第二中学。开学前，郭亮父母先是派了村里的媒婆到郭永莉家说媒，后来又亲自登门拜访。郭永莉家向来是刘兰英当家。父亲有哮喘病，整日在村委会屋檐前跟帮老头晒太阳，家里的大事小情，从不过问，这么多年来，已习惯了做甩手掌柜。刘兰英想了想说："这俩孩子，倒是般配，天天腻歪一块儿，只是年岁太小，要不，再等等?"媒婆说："大嫂子啊，等啥呀，郭家两口在县城卖烤鸭，光楼房就有两套，就这么根独苗，多少人家盯着呢，狼多肉少啊，可别等着快到手的鸭子再飞走。"刘兰英当时正在拌猪食，她将一大袋添加剂倒进热气腾腾的桶里，又吭哧吭哧搅拌半晌，这才直起腰盯着媒婆说："行，过年了，给你送条猪背腿。"郭亮的父母是开着夏利车来的，后备厢里装了八只烤鸭，还有台爱多 VCD。刘兰英让大闺女骑着自行车，将烤鸭送给了娘家人。她有五个兄长三个弟弟。她当时暗自庆幸，亏得爹妈没再给她多生养几个兄弟。

郭永莉呢，也没多说啥。这个连一千五百米都跑不下来的胖子，如今是连喝粥也要鼻尖沁汗。可他对她是真好。两人不在一个班，没下早自习，郭亮就偷偷摸摸去打饭。郭永莉的碗里，总有枚剥了皮的鸡蛋，中午更不消说，肉菜青菜荤素搭配营养均衡，晚自习后，拽了郭永莉偷偷爬上水塔，从兜里掏出橘子，剥好，一瓣瓣喂到她嘴里。郭永莉扭捏着掸掉他的手。他说："有啥害臊的，媳妇?"郭永莉说："滚，谁是你媳妇?"郭亮嘻嘻笑着来摸她。他的手没干过农活，不过倒是常帮他父亲杀鸭烤鸭，能闻到一股松果的香味，软而肥，比郭永莉的手还要柔滑。有时两个人搂抱着昏昏睡去，秋天的风顺着尾椎骨爬蹿，郭永莉才打个寒战，揉揉眼愣愣地盯着郭亮。她真的要嫁给他？真的跟他在土炕上睡一辈子？他这么胖，老了会不会得脑瘀血或心衰？他真的稀罕自己？听着熄灯的铃声，看着一盏盏的灯次第灭掉，她心里空荡荡的。此时，肖恩慧的脸就在静谧的黑暗中浮升起来。

肖恩慧跟郭永莉一个班，前后桌，两人很少说话，仿佛他们以前根本不认识。碰到了不懂的题目，郭永莉扭头问他，他也讲，眼睛从来不正眼瞅她，自说自话。郭永莉难免有些生闷气，他讲完了，她狠狠瞪他两眼。他斜着眼，装作没看见，也许他真的没看见吧，他的白眼仁那么多，瞳孔又小，没准还散光。他也没有跟郭永莉和郭亮一起吃饭，有时郭亮也叫他，声音懒懒的，肖恩慧就摇摇头，自己端着饭盆大踏步走了，他很瘦，走起路来轻飘飘的。有一次郭永莉问他："你的黄狗呢?"肖恩慧摸了摸鼻子，说："生了窝小狗。"郭永莉"呀"了声，说："我最稀罕小猫小狗了。"她期待他说，你要稀罕，我送你。可他半晌没吱声，她有些赌气似的说："那，你送我一只呗?"他仍不吭声，顾自埋头做数学题。郭永莉觉得肖恩慧越来越小气了，很长一段时间内都没有搭理他。他有啥了不起的呢，拽啥呢？她瞥他两眼，看到他头顶上生了白头发。活该，她恨恨地想。

还是郭亮对她好，才入冬，就买了瓶小护士护手霜，说怕她的手皲了，还买了顶粉红色针织帽，帽顶缀着苹果大的绒球，他说：“等下了雪，就戴着这顶帽子打雪仗。”他还给她买了爱立信手机，她说：“我们家连电话都没有，我要这玩意儿干啥？”郭亮说：“等着我打给你啊。”郭永莉把手机给了刘兰英。经常有外镇的猪贩子找她，电话都是打到邻居家。这下好了，无论她是在猪圈里还是在集市上买饲料，猪贩子们都能听到她浓重的鼻音了。

天冷了，去塔上的次数也少了。放寒假前一天晚上，很多同学都回了家，校园里黑乎乎的。郭亮偏拉着她爬水塔。郭永莉说：“你有毛病啊，冷飕飕的，灌西北风啊？”郭亮嘿嘿地笑着，犹如一头北极熊缓缓爬上，从怀里掏出只烧鸡，撕巴撕巴，先吃了个鸡腿，又掏出瓶北大仓白酒，喝了口。郭永莉抓着冰凉的扶梯手往上爬，爬到半腰处，便听到有人喊：“喂！干啥呢？”声音粗重，一听便是保卫处的老王。老王可能也不太老，只是满脸络腮胡，脸上是那种因常年酗酒浸成的酒斑。同学们都怕他，尤其是女同学。他最喜欢跟女同学聊天。

郭永莉忙朝水塔上望，郭亮却不见了踪影，又朝梯子下瞄了两眼，凛冽的西风携带着酒气。她嗫嚅着说：“我在锻炼身体。”老王喝道：“小小年纪就撒谎！给我爬下来！”郭永莉就乖乖下来，搓了搓手转身想走。老王说：“你哪个镇的？放假了也不回家！等野汉子是吧！”郭永莉吃惊地瞪着他，实在是没料到他会说出这么恶心的话。老王又说：“你是不是冷啊？”郭永莉“嗯”了声，老王欹身过来，说：“冷的话，叔给你暖暖手。”一对熊掌箍住了她的手，郭永莉挣扎了两下，老王就将她搂进怀里，胳膊夹着脖子将她往水塔后面拽。水塔后面没有路灯，黑漆漆的，郭永莉扯着嗓子喊："郭亮！郭亮！"郭亮也没动静，老王的手又钳住她腰身，嘴巴先凑了过来，郭永莉这才彻底醒过来，大声喊："郭亮！郭亮！救我！"一双散发着柴油味道的大手瞬息堵住了她的嘴巴。她浑身颤抖，猛地挣了几下，却发现老王那厢似乎松软下去，她喘息着小跑到一杆路灯下，却发现有团影子正跟老王滚翻到一起，擦了擦眼，迷迷糊糊的，只晃到那团瘦削的身子，一会儿在上面，一会儿被老王压在身下，老王大声咒骂着，朝着影子就是几记老拳。正在发怔，手却被攥住，郭永莉哆嗦着扭头，发现却是郭亮，不禁骂道："死胖子！你跑哪里去了？你跑哪里去了？"郭亮左手拎着烧鸡，右手拽着她，手指放在唇边嘘了声，又朝老王那边瞅了眼，说："快跑！快跑！"

他们那晚住在了学校附近的宾馆。宾馆没有暖气，只有台漏风的空调发出呼噜呼噜的噪声。郭永莉蜷在床上，风寒病患者般发抖，郭亮帮她脱了鞋袜，又去褪她的衣服。她噘着嘴掸掉他的手。郭亮说他刚才吃鸡腿，噎住了，灌了口酒，又呛着了，跪在塔顶抠喉咙，想将鸡腿吐出来，听到她呼喊，却没听清她喊的是啥，寻思她冷，不来塔上了，等那只鸡腿总算吐掉，看到她在路灯下哆嗦，那边却是穿着警服的老王在跟人打架，怕沾包，这才拉她跑出来……郭永莉不想听他说话，她觉得他说的全是假话，她疯了似的喊救命，难道他都没听到？那个跟老王干仗的人，看身形倒是有些像肖恩慧。肖恩慧……不会有事吧？想着想着困顿了，似乎睡着了，又似乎清醒着，老感觉身上压了座山，动也动不得，睁了眼，却是郭亮趴在她身上乱动，动了没几下，就安生了。他躺在她身旁喘着粗气，她战战兢兢地摸了摸下身，还好，套着秋裤，只不过，秋裤湿漉漉的。

翌日快到中午，两人才懒洋洋地爬起来，郭永莉也没有搭理郭亮。郭亮买了豆包和奶茶，她一口没吃，一口没喝，两人偷偷去学校拿行李，却发现学校门口贴着张白榜，上面写着：高一二班的肖恩慧同学，违反学校纪律谈恋爱，被保安处工作人员发现，恼羞成怒，殴打保安，性质恶劣，被开除学籍。

郭永莉身子晃了几晃，郭亮扶住她，手也在抖。郭永莉说："学校真混账，信口雌黄，明明是肖恩慧救了我……"郭亮捂住她的嘴巴。她的嘴巴很大，嘴唇很厚，郭亮的手显得那么娇嫩稚小。郭永莉扯开他的手说："我要去找校长！我要告老王非礼我！"郭亮贴着她耳朵说："乖乖，你别没事找事，你差点被他强奸，要是被村里人知道了，我们家这张脸往哪里搁?!"郭永莉木木地望着他。他的脸又白又胖，没有一丝血色。

寒假那些日子，郭永莉老想去肖恩慧家看看。有几次走到他们家门口，却只躲在麦秸垛后面。别人家全是红砖垒砌的院墙，只他们家是高粱秆和玉米秸搭的，稀稀拉拉，站在狭长的院子里，也能望到外面的行人。郭永莉听到肖恩慧奶奶的咳嗽声、说话声、洗衣裳的声音、吆喝狗的声音，却唯独听不到肖恩慧的动静。有次郭永莉听到了老人哭泣的声音。老人们哭起来是没有大声息的，气流从喉咙里艰难地淌出来，仿佛有人扼住了脖子，咿咿嘤嘤，呜呜嗯嗯，听不出悲伤。她听到老太太呜咽着喊，这可咋好呢，这可咋好呢！郭永莉转身小跑着回了家，边帮着刘兰英淘泔水边盘算着：要不，到学校把事说清楚？肖恩慧成绩那么好，肯定能考出去的，不过，眼下放了假，学校里除了值班的老师，也不会有啥校领导，不如等开学再说吧。大年初一那天，要挨家挨户地拜年。到了肖恩慧家，只他奶奶坐在炕沿上，炕席上摆着盘南瓜子，里面掺了几块奶糖。她说：“恩慧一早就出去了，估计是上祖坟放炮仗。”等回了家，刘兰英说：“肖恩慧来过了，这个可怜的崽子，说是开春就出去做工了，他念书不是念得挺好吗？”郭永莉没敢接话茬。大年初六那天，从郭亮家吃饭回来，路过村里的小卖部时，忽然听到有人喊她，不是肖恩慧是谁呢？她心里突突地，站住，想转身，这身子却锈住了，或许过年这些天，肉吃得太多了些。后来她又听到肖恩慧弱弱地喊了声她的名字，她猛地转过身，却发觉身后空无一人。难道是自己幻听了？她四处看了看，只看到灰色雪花一朵朵落下，落到她的睫毛上，落到黑魆魆的槐树枝干上，落到冒着烟的烟囱上，落到她手里的那只烤鸭上。

过年最糟心，平日里不怎么往来的亲戚也要走访一遍，嘴里说着吉祥喜庆的话。别人家都是男孩拎着白酒跟点心去拜年，郭永莉家呢，仨丫头，大姐呢，是属夜来香的，白天见不到人，二姐呢，属刺猬的，逮住谁扎谁，这拜年的活就落在郭永莉身上。等拜完年，郭亮母亲又邀她去家里小住了几日。这些年的风俗就这样，只要定了亲，女方就搬到男方家，住上几年，够了结婚年龄，再办仪式。她和郭亮还在读书，平时也难得去，便在刘兰英的撺掇下，索性住了三个晚上。第一晚还跟郭亮母亲睡，第二晚郭亮就不干了，搬过来陪她。陪也不好好陪，老鼓捣那些让她脸红的事，不过，刘兰英叮嘱过，要矜贵些，不该给的，死活不要给，免得被男人轻贱，越是守得牢把得紧，男人家越是敬你重你。郭永莉向来听刘兰英的话，把郭亮气得险些动粗。郭永莉有些委屈，又不能哭，就面对着墙生闷气。很久，郭亮说："你知道不，肖恩慧走了。"郭永莉没搭茬。郭亮又说："他表舅在丽江开宾馆，他去帮忙了。"郭永莉半晌才闷闷地问了句："丽江在哪里，远不？"郭亮说："在云南，听说有六千里地呢。飞机也要飞半天。"那晚郭亮喝了酒，也没闹，老实得很，不一会儿打起了鼾。"丽江，六千里。"她嘴里轻声念叨着，用食指在墙上默默写着"丽江"两个字。她听说过九寨沟，听说过神农架，还听说过桂林，可没听说过丽江。六千里，有多远呢？她眼前浮现出肖恩慧那张丝瓜脸，那双老是耷拉着的眼睛，又想到那条又老又馋的黄狗。

肖恩慧说老狗生了崽，他真抠，一只都舍不得给她。

冈　上

郭亮辍学了，跟他爸他妈去烤鸭子。他们家的烤鸭店就在县城农贸路上，他时常骑着他爸的摩托车来学校找她。同学们都知道她有个男朋友，卖烤鸭，便有那嘴馋的，时不时托郭永莉买几只，好歹一只能便宜三五块钱。郭亮就跑得格外勤。郭永莉呢，书读得好不到哪里，也孬不到哪里，老师说，照这成绩，日后读理科的话，上个卫校或专科啥的，不成问题。她也没往心里去，从小到大，都是个没主意的人，人家说啥，就是啥，说不是啥，就啥也不是。高二暑假时，在郭亮家里住了些时日。这年闹猪瘟，刘兰英养猪赔了个底掉，郭家知晓了，送来了两万块钱，说是先把饥荒还了。刘兰英就跟郭永莉说："你们定亲也两年了，上你婆婆家住些天吧。”

郭家在县城买了两处楼房，有一处早已装修好，看来是等着结婚用的。头个晚上，铺的红被罩红床单，连枕套都是艳红色，绣着对小鸳鸯。郭亮有些手忙脚乱，可该做的也都做了。郭永莉倒有些心不在焉，似乎什么都不懂，又什么都懂，也没啥可在乎的，可又觉得女孩最在乎的，瞬息就没了，终归觉得委屈，可话又说回来，委屈个啥呢，村里的女孩都这样，早早找了婆家，吃喝拉撒睡，炕上一条被。她觉得她跟那些女孩不一样，哪里不一样呢？委实想不明白。该来月事那几天，干干净净的，也没在意，又过了俩月，还是如此，难免有些狐疑，赶上高三月考，日日学得蓬头垢面，姑且放一旁。等肚子渐渐鼓囊起来，先被刘兰英察觉，忙带她到镇医院检查。医生说快四个月了。已经立秋，郭永莉骑着自行车，跟刘兰英往家里赶。庄稼地的豆子都收了，晚玉米却正葳蕤，她懵懂着想，咋整呢，明年春天分娩，六月份就高考，要奶着孩子去考场吗？半路上刘兰英钻到玉米地里小解，钻出来时边系裤腰带边说：“丫头，打掉吧，可要跟郭家说声，毕竟是他们家的种。”郭永莉咬着牙想，日后再不跟郭亮搞事情了，感情他舒坦了，却耽搁了自己考试，让他戴避孕套，偏不听。她就说：“妈，孩子不能要，我才多大，孩子生下来谁养活？”刘兰英说：“三儿，郭家对咱不薄，于情于理，还是跟郭家念叨声，听话，啊。”

当晚将郭亮跟他父母请过来。他们一家听说郭永莉怀了身孕，瞳孔立时变成了灯泡，险些射出光来。还没等刘兰英往下说话，郭亮扑通一声跪在地上，求郭永莉将孩子生下来。郭永莉整个晚上都没说话，大人们却聒噪个不停。郭亮他妈说，翌日起就要保胎了，正是婴儿长脑子的关键时刻，明天就去买些大枣核桃，排骨人参汤是要日日喝的，鸭子呢，先不要吃了，性寒凉。等闺女生了，请专职保姆伺候，断不能委屈辛苦了她。等孩子大些，就给他们操持婚礼，用不着郭永莉家陪嫁，房子、家电、宝马车，通通他们出，还要给郭永莉二十万的彩礼钱。说着说着脸就咧成朵蜀葵。全家人只有二姐不同意，她说："我妹又不是生育机器，这么小当妈，一把屎一把尿地拉扯孩子，啥时候是个头？你们要真心疼她，赶紧带她去妇幼医院堕胎……"话音未落，刘兰英的巴掌就扇了过去，叱喝道："先将你的糟心事料理好，哪里有闲心说三道四！"二姐瞥了眼郭永莉，摔了门拂袖离开。她跟那个染头发的男孩分了手，找了个有家室的出租车司机。司机老婆在供销商场做售货员，有两个女儿。大的上初二，还是个秃子。

书是暂且念不了，跟学校办了休学。郭亮隔三岔五往她家跑，钱是舍得的，毕竟一只烤鸭能赚九块钱，大包小包地送，鱼虾牛羊拎着，主人哪里敢嫌弃？见了郭永莉，总是先趴在她小腹上细细地听，还轻声哼着小调，唱给那看不见的孩子听。总之，郭亮很有副做父亲的派头。郭永莉看着他耳朵后面的汗珠，听着由于蹲在地上而稍显急促的呼吸声，对他的埋怨也就稀淡了，一种园丁培育胎芽的喜悦感暗自涌动着，从心房里拱出来，我就要当妈了，这么想着，很快，一股巨大的、沉默的恐惧感攫住了她的心房，让她坐卧不安，听着母猪的哼哼声也心烦，甚至看着清晨猪圈顶上绽放的倭瓜花，也有种欲哭的念头。

挺着肚子的郭永莉时常到村西的高冈上散步。小时候，高冈是片荒地，她老跟肖恩慧和郭亮来冈上挖田鼠，冈上还有片密林，他们用粘网粘斑鸠和麻雀。如今高冈上种满红薯，眼瞅着也要刨了。她躺在茂密的红薯秧子上，看着瓦蓝的天空。不时有飞机如儿童玩具般飞过，拉出又细又长的白线，线一截一截断掉，他们常常朝着飞机拉线的方向跑，跑着跑着，飞机就消失在肉眼瞅不到的天尽头，变成一枚白点，融入云层。她揪了片红薯叶子，默默嚼着，怎么就念起了肖恩慧。不晓得他在那个叫丽江的地方过得咋样？还那么瘦吗？吃住得惯吗？他表叔待他如何？又想到他的奶奶，唯有叹息。

等孩子生下来，正是春暖花开时节。郭家大宴宾客三日，村里人家俱来贺喜。是个男孩，又白嫩又肥胖，特别爱笑。出了月子，阳光好时，她抱着孩子去高冈上晒太阳。郭亮仍跟他父母在县城烤鸭子卖鸭子。郭家没请保姆，她也没去郭家住。婴儿是种多么奇妙的物种啊，话不会说，歌不会唱，饭不会吃，简直除了拉屎、尿尿、睡觉，啥都不会，可是他们有着神奇的本领，让生养他们的人，甚至是不相干的人，都愿意为他们的睡眠、吃食和排泄焦虑、奔走、失眠。他们哭哭啼啼，他们咿咿呀呀，他们白白胖胖，他们快活如佛。反正郭永莉闹不懂婴儿是咋回事，想到自己曾经也是个婴儿，难免有些讶异。

高考最后一天，她偷偷抱着孩子坐着公交车去了县城。考场都被警察围圈起来，画了黄线。她抱着孩子在附近转悠，转累了，就跑到商场给儿子买玩具手枪。临近晌午，又踅摸着去考场，正赶上散场，学生们乌泱泱拥出来，看得她有些眼晕。有个女孩径直朝她走过来，近处才看清，是曾经的同桌。同桌长了口龅牙，人都叫她龇牙龅。见到郭永莉她无疑很开心，见了孩子却是诧异，忙问是谁家的。当初郭永莉只是办了休学手续，没人晓得她是去生孩子。郭永莉支支吾吾地说这是她弟弟，来县城打疫苗。龇牙龅摸着婴儿的脸颊说：“哎，可惜你生了病，不然今年肯定高中，题简单着呢。”郭永莉蔫头蔫脑地问她打算报哪里的大学。龇牙龅说她想去沧州念书，都十八岁了，还没出过市呢。郭永莉有些黯然，她不仅没出过市，连邻近的县城都没去过。龇牙龅摸了摸婴儿的大耳朵，说：“看样子你的病也好多了，秋后赶紧返校吧，以前大家老念叨你。哎，你跟肖恩慧，可惜了呢。”

郭永莉听到肖恩慧的名字，脑子嗡了下。龇牙龅又说：“哎，你运气比肖恩慧好多了，听说他在丽江当导游，出了车祸，变成了植物人，不知道是死了还是活着。”郭永莉闻听此言大惊，忙问：“你咋知道？我们一个村的，都没人提起。”龇牙龅说：“肖恩慧的表舅，是我们家隔壁的连襟，打电话时提起，有个远方外甥，姓肖，没爹没妈，高中没毕业，奔他去了，在宾馆当服务员，有时也带游客，不承想出了车祸，把他愁死了，你说，不是肖恩慧是谁？”郭永莉说：“你别瞎说了！要是有个好歹，他奶能不知道?!”龇牙龅说：“你傻呀，谁忍心把这噩耗告诉个又老又瞎的人？不告诉，留个念想，真要说了，老太太还能活？”郭永莉还是不信，说：“估计是折了胳膊断了腿，真要出了人命，哪里敢瞒？”龇牙龅笑了笑，又说了几句客套话，走了。郭永莉乘公共汽车回了家，也没那心思喂娃，刘兰英唤她帮忙去大队交电费，她也不应，只在厢房里枯坐了半晌。思来想去，肖恩慧八成无恙，生死的事情，骗不了人的……干脆抱了孩子，佯装在村里转悠，转到了肖恩慧家。老太太正坐在院子里择豆子，眉眼和善，不像是家里出了灾祸的模样，她心里踏实了些。正要走，忽听到老太太说："是三儿吗?"郭永莉屏住呼吸，不敢应声。老太太说："进来吧。"郭永莉抱着孩子进了庭院，坐在马扎上，看她一粒粒剥豆子。老太太说："你好久没来了呢，忙吧？听说你结了婚，又生了个大胖儿子？多好的命啊。"郭永莉"嗯"了声，老太太站起来进屋，出来后手里捏着封信，递给她，说："这是恩慧走前留给你的，一直晃不到你面，在我手里都快攥熟了。"

郭永莉接过信，招呼也没打，抱着孩子踉踉跄跄出了院子，寻了块干净石头坐下，将信拆开，只有张白纸，称呼也没有，只在白纸中央有行字：三儿，等你考上了大学，来丽江玩。

这么简单的几个字，却让郭永莉打了个寒战。她又从头到尾看了几遍，这才将信撕成碎片，随手扔了。

到了八月，郭亮回村里时，郭永莉跟他念叨，她想去接着读高三。郭亮的眉毛惊得险些掉下来，问道："你说啥?"郭永莉说："你耳朵聋吗？孩子也生下来了，我想接着念书。"郭亮哈哈大笑起来，说："你去念书，儿子咋整？这还没断奶呢。"郭永莉说："你妈当初不是说，要请保姆的吗?"郭亮问："你要考上大学咋整?"郭永莉想了想，说："考上就读。"郭亮问："然后呢?"郭永莉说："毕业了就跟你结婚。"郭亮说："你说的可是真话?"郭永莉说："我跟你连孩子都有了，为啥说假话?"郭亮说："我先跟我爸妈商量下。"郭永莉说："不管他们同意还是不同意，我都铁了心去读。"郭亮冷冷地盯了她两眼，又哼两声，将儿子抱了过去。

不承想郭家对她去念书的事倒是欣然应允，反倒是刘兰英颇为震怒。她骂道："不知好歹的玩意儿！念书有屁用，毕业了也还是到企业打工，就是考上了，也没钱给你交学费！"

郭永莉只是埋头整理行李，将书一包包用麻绳捆好。

丽　江

她比谁都能吃苦。班里的同学也不认识，同学们对这位身材臃肿的插班生也不感兴趣，她只管踅踅摸摸地读书。婆婆还真找了个保姆，保姆没有奶水，每天早中晚，她都要跑到楼房给孩子喂奶。她奶水本也不多，郭亮就托人从香港买奶粉。听闻奶粉的价格，她委实吓了一跳。跳也白跳，她也没钱，只是听说店里烤鸭的价格涨了两块钱。

她体验到了一种从来没有体验过的快乐。学校晚上十点半准时熄灯，她睡不着，点了蜡烛在教室做题，被巡查的发现，将她训了一顿，她干脆猫在被窝里打着手电筒背英语单词。期中考试，她考了班级第十九名。等到了期末，她考了全年级第十一名。浑身总有使不完的劲，日日跑三趟郭家，将肿胀的奶头塞进嗷嗷哭闹的孩子嘴里。不过她很少留宿，她骗郭亮说，宿管每日都查寝，要是被发现夜不归宿，是要挨处分的。郭亮斜着眼瞥她，问："老王还在当保安吗？你提防些。"郭永莉说："他天天喝酒，早被教务处开除了。"郭亮说："哎，不知道肖恩慧咋样了，真是对不住他。"

她也没言语。

有天傍晚，她老是心神不定，似乎听到婴孩的哭声，她悄悄地走出教室，在昏黑的走廊里，她看到郭亮抱着孩子木桩般站在那里。孩子在哭，不过声音很小，像是猫崽的哼唧声。她才猛然想起，课外活动加塞数学周测，她忘了回去给孩子喂奶。郭亮显然有些恼，绷着脸，将孩子塞给她。她慌里慌张地看了看四周，这才扒开衣襟给孩子喂奶。郭亮说："别念了，咱回去吧，念书有个屁用，找个工作也没有我卖烤鸭赚得多。"郭永莉不说话，警惕地瞄了瞄走廊尽头，走廊那头传来高跟鞋的声音，肯定是老师们来讲题了。郭亮说："你是聋人吗，没听到我说话吗?!"郭永莉忙堵住他的嘴巴，将散发着鸭油味的牢骚按下去。郭亮一把抢过孩子，说："不想过就别过了！我找啥样的女人找不到！"郭永莉战战兢兢地抻了抻他衣角，郭亮搡掉她的手，抱着孩子走了。他越来越胖，又有些猫腰，不过十八九的年岁，背影看上去竟像是位老人。孩子没吃饱，哇哇地号哭着，哭得她心烦意乱，又怕被别人瞧见，小跑着进了教室，坐在座位上，一个字都看不进去。她感觉自己正走在一条幽深狭长的隧道里，隧道里只有微微的光，她蹑手蹑脚地往前走，却不晓得要走到哪里，何时能走到尽头。

开春时，模拟考试一轮接一轮，她的成绩也像涞河的春水一天天地涨。一模的时候，她竟考了全年级第五，按这个成绩，是能上211大学的。老师们对这个木讷寡言的学生充满了好奇，长得粗粗拉拉，脑瓜竟还灵光。他们这所高中，本来就是所普通中学，升学率不高，对成绩好点的学生，格外照顾，前二十名的，各科教师都要开小灶。小灶是开了，这一日三次喂奶的时间，便又被缩减了。为了节省时间，她央求郭亮给她买辆电动车，好歹比自行车快。郭亮说："你自己的事，你自己解决吧，我没那闲钱。"她也就作罢，毕竟这世上，除了割肉疼，就是掏钱疼。反正春天到了，阳光酥痒得很，空气里满是花朵的香气，她的腿脚伶俐许多。

有天晚上，郭亮来找她，说孩子发烧了，让她回去照看一晚。她就偷偷回了家。孩子的烧已经退了，不过小脸仍是通红，时不时手脚抽搐。她将孩子紧紧抱在怀里，想，当初自己多傻，稀里糊涂把他生出来，又不能好好照看他，鼻子一酸，眼泪就落到孩子脸上。她向来是个别人说啥是啥的人，天生不知道"主意"两个字咋写，耳朵软，每走一步，似乎都是听别人吆喝，仿佛一头蒙着眼罩的驴子，当初要是铁了心堕胎，哪里有如今的委屈？郭亮面子活做得好，日后若真要结了婚，不见得是如何的模样，这才几天啊，天天甩脸子，又念起前些年，一起骑着自行车上学的日子，竟恍若旧梦。我说啥也要读大学，她用酒精棉球擦拭着孩子的耳朵，想：大不了，我抱着儿子去读。

这天气一天比一天热，教室里别说空调，连吊扇都没有。她本来就胖，大腿和胸腹生了一层层痱子，痒得很，抹了痱子粉，还是一层一层地生。那天正在做化学真题，忽地身旁矗了个人，撩眼去看，却是郭亮。郭亮手里拿个尿素袋子，先是甩在地板上，随即将她书桌上的卷子课本抱起来，一股脑往里塞。郭永莉怔怔地看他，脑子里却还在想着化学公式，不知道他这是要啥幺蛾子。郭亮又将她手中的试卷抢过来，揉巴揉巴扔了。她这才反应过来，颤声问道："你想干啥？你这是在干啥？"郭亮大声道："走，回家。"他的声音很响亮，也很板正，仿佛播音员在字正腔圆地播音。“回去，不念了，”郭亮扯着嗓子喊，“别他妈给脸不要！”边喊边继续往尿素袋子里塞书。

教室里的同学都放下手中的笔，好奇地抻着脖子朝他俩张望。郭永莉的脸颊涨成猪肝色，蹲伏下去，将袋子中的书一本本往外掏。郭亮一脚将她踹倒在地。这时同学们都围过来，大声质问着他为何打人，又有旁的同学去喊班主任。郭永莉从地上爬起来，死死地盯着郭亮。郭亮将她所有的书和卷子全卷进袋子，掏出根铁丝，扎紧袋口，抻着往外走。郭永莉的下嘴唇被她咬出了血珠子。从小到大，还从来没有这般丢人。

就这么着回了家。班主任寻过几次，都被郭亮赶跑了，去找刘兰英，刘兰英不养猪了，开始养貉子。庭院里散发着尿臊气。她听班主任讲明来意，这才说，郭永莉早就是郭亮家的人了，嫁出去的闺女泼出去的水，她不好掺和，也不好撕破脸，她说小两口儿的事情，就让他们自己看着办吧。班主任怏怏回了，又拜托校长来找郭亮。郭亮倒是挺给校长面子，给校长沏茶点烟，说是郭永莉当了母亲，就要尽当母亲的义务，哪里有当妈的不给婴孩喂奶的呢？哪里有当老婆的不跟男人睡一张床的呢？校长被他说得一愣一愣的，瞅了瞅郭永莉怀里的孩子，叹息两声，只得撤了。临走前，郭亮给校长拎了两只烤鸭，说：“以后去我们店里买熟食，我给您打五折啊。”

郭永莉整日神情恍惚。她显然是被郭亮唬住了。她从未想到过，一个白净的胖子有这么大脾气。白天侍弄孩子，晚上还要伺候郭亮。郭亮花样更迭，每每让她羞愧，觉得被羞辱了般，将他推下身，他就更兴奋难耐，攥按住她的手，将夜晚变得更为漫长。

他佯装变得蛮横起来，或许他知道只是暂时将郭永莉的气焰灭了，若是不压住，哪天郭永莉心头的火再烧起来，可就是大麻烦了。每次离家前，郭亮先将菜买好，将房门锁好，这才去烤鸭店。保姆手艺不错，原先是饭店的面点师傅，烙饼、蒸饺、甜点样样拿手，郭永莉很快就胖了一圈。她也不再跟郭亮提高考的事，还有半个多月就到日子了，这样子也没法进考场。她每日傻吃傻睡，眼看赶上以前刘兰英养的约克猪了。郭亮对她的看管放松了些，允许她抱着孩子到烤鸭店里逛一逛。郭永莉站在店门口，抱着孩子看那路上的行人。她目光呆滞，少言寡语，渐渐地连走路都稍显迟缓。

刘兰英探望过她两次，见了她，老觉得哪里不对劲，就跟郭亮说："小两口儿过日子，可不能动手，胆敢欺负我闺女，我饶不了你！"郭亮对刘兰英颇为忌惮，他见过刘兰英劁猪，晓得这老女人手黑得很。刘兰英又对郭亮母亲说，要把郭永莉接到村里住些日子，她说："郭永莉性子拧得很，要是想不开，有啥三长两短，孩子不就成孤儿了？"郭亮父亲便亲自开车，将刘兰英和郭永莉母子送了回去。

郭永莉呢，一直在娘家住到六月初，其间她偷偷跑到镇上的高中，跟在那里复读的老同学借三模的试卷。同学大概也听闻了她的事，安慰她说："反正高考早就报了名，实在不行，直接去考试，看他能把你怎么样！还能杀了你不成！"郭永莉只是嘟囔着道谢，并没有理会同学的话。她没体检，也没有领准考证，考啥呢。六月中旬，郭亮将她接回县城。他看来是彻底放心了，高考结束，郭永莉也没要闹，一切都很好，像他预料的那么好，他得意地抽着烟，摸着郭永莉的手说：“我们去商场逛逛吧？给你买几条裙子。”郭永莉慢吞吞地说：“有啥逛的，下午去妇幼医院给孩子打疫苗。”

没想到医院的婴儿那么多，鬼哭狼嚎的，郭永莉恹恹地跟保姆说：“太热了，我去商店买瓶水，你先排队。”等她出了医院，正好有辆车停靠在路边。那是通往市里的长途汽车。大抵出了点小故障，司机趴在车轱辘下修理，郭永莉怔怔地在旁边看他拿着钳子东敲西敲的，鼓捣了很久。等司机爬出来，看着郭永莉站在一旁，以为是旅客在看热闹，就说：“弄好了，赶紧上车吧！”郭永莉问：“啥？”司机说：“快上车吧，热死黄天的。”郭永莉犹犹豫豫地跟他上了车。车上的旅客并不多，午后的阳光和热风把他们都催眠了。除了发动机的声音，听不到旁的动静。郭永莉挑了个靠窗的位子，呆呆地想，为啥要上这辆长途车呢？孩子跟保姆还在医院，疫苗还没有打呢，想到这里，她趔趔趄趄地走到车门处，不承想哐当一声，门就关上了，司机皱着眉头说：“你瞎跑啥？还不赶紧坐好！前几天有个老太磕破了头，跟我们要了两千块钱的医药费！这世道！”郭永莉支支吾吾地说：“我……我……我不是……”坐在前排小憩的售票员忽然苏醒过来，她望着郭永莉说：“咦，你刚上来的吧？赶紧买票。”郭永莉掏了掏裤兜，裤兜里有四百块钱，是郭亮让她买裙子的。售票员翻着白眼说：“你没有零钱吗？”郭永莉又摸了摸上衣，掏出十块钱。售票员一把夺过，又找了她两块五。郭永莉弱弱地问：“终点站是哪里？”售票员说：“西站。”郭永莉问：“西站有火车吗？”售票员说：“有。”郭永莉又问：“有直达丽江的火车吗？”售票员明显被她问得有些不耐烦了，说："没有！"郭永莉低低"哦"了声，问："那咋样才能到丽江呢？"售票员喝了口水，没有搭理她。这时司机师傅戴上一副墨镜，嚼着口香糖说："妹子啊，你想去丽江？简单得很，从北京坐火车，一天一宿就到了。"郭永莉望着窗外一闪而过的白杨树，没有吭声。师傅就说："怕啥呢，买张卧铺票，睡上一觉，醒了，就到了，哎，你们这些孩子啊，总是没有耐心，嫌时间过得太慢。"